全世界大海的藍，是那般純粹而堅毅。

海居少年：人魚祕境

夏嵐

Blamon

— Character —

人物介紹

妃露

「奇異號」出海後所救上來的神秘少女，美麗的外表引起水手趨之若鶩，但也有人號稱妃露是來自不祥國度的邪靈之女。

斐鱗

個性早熟，骨子裡熱血善良的十七歲少年。擅長水性，甚至能用祖靈能力與動物溝通。認為自己不該一輩子居就在漁村，而是要找出生活的新可能性。

野皮
斐鱗的同族堂弟，也是在漁村一起長大的老朋友。個性幽默逗趣，也常常做些讓人摸不著頭腦的事情。被部落中的父老視為愛偷懶、率性妄為的孩子。
朔迦
斐鱗在冒險船隊「奇異號」上認識的少年，祖先居住在都市、代代都是律師，朔迦因而就背負著莫名的壓力。粗枝大葉但義氣相挺的個性，有如斐鱗的哥哥般。

海に住む少年：マーメイドの秘境

一、藍艦上的新工作

「風和日麗的好日子，很適合船隻出航。」斐鱗嗅著今晨的第一口空氣，緩緩說道。

他有雙媲美大海的湛藍眼睛，眸子中閃動的是青春少年該有的豪情與正直。斐鱗名字音同「飛鱗」，因爲祖母期許他像飛魚般自由又勇往直前。

「斐鱗，你猜猜看，今天又有幾艘探險隊的船要出海？」說話的是斐鱗身旁的堂弟野皮。淘氣神態與披肩長髮下，野皮有著野性俊美的臉孔。

他與濃眉大眼的斐鱗並肩坐在黎明的木造屋頂上時，像是陰與陽的兩極。

「幾艘船要出海？這我可說不準。」斐鱗清爽一笑。「只希望有朝一日我也能跟著他們出海冒險，爲缺乏陸地的人類謀福利，也尋找住在世界另一端的人類，看看他們過著什麼樣的生活，是不是跟我們一樣，以船當陸地，靠機械耕種，住在木造公寓中。」

在他們眼前如一幅藍色卷軸展開的，是片一望無際的大海。

據說，在大水劫以前的海洋，並不像現在佔地表九成的面積。當時，人類擁有無限發展的科技文明，也在地上蓋了滿滿的樓房與公共建設，不像現在——從大洪荒活過來的人們好不容易找到碩果僅存的陸地，連飲用水與農作物都要付高價購買。

「你看過市集最近叫賣到天價的魔土嗎？聽說是一塊大陸上貨真價實的泥土，我敢說這時代到處都是科學家花大錢打造出的人造土，哪裡還有真正的泥土？絕對是騙人的！」

野皮是個鬼靈精，知道許多斐鱗所沒注意到的情報，他平常都忙著幫部落的人捕魚耕種，根本沒空去市集溜達，聽見野皮說的這番話，讓斐鱗瞪大那雙藍得澈底的眼睛。

「真的嗎？魔土？長什麼樣子？跟人造土一樣嗎？不過，既然是真正的原生泥土，又為什麼要叫做魔土？它有什麼樣的魔力啊？能夠存活過大水劫，一定來自於高山，是淹不到的土壤吧？」斐鱗總有一連串的問題，他喜歡唸書上學，卻沒錢繳學費，其餘的家庭儲蓄都拿來存，以便購買往後五年的高價水源。在這個放眼都是鹹水的海灣小鎮居住，純淨的淡水水源總是最大的奢侈品。

「能躲過冰河溶解、冰山融化的大水劫，一定是世界第一高峰上的土壤。」野皮摳了摳頭，無所謂地陪著斐鱗推論道。「這都不重要了！」

「也對。」斐鱗瞇起蔚藍的雙眸笑道：「再怎麼研究過去，我們能掌握的也只有未來，不是嗎？」

「唉！我們所謂的未來，就是不斷爲那些城市裡的有錢人耕種，一直到死吧！」野皮嘆氣。

這番話，讓一向樂觀的斐鱗也心頭一涼，但他揚起眉梢，用打趣的語氣說：「不，你的未來大概就是不斷翹班，有一搭沒一搭悠閒地混口飯吃吧！聽起來倒也不錯是嗎？比關在大城市鐵格子公寓裡的上班族好多了吧？」

「至少不用把薪水拿去繳房貸，把自己關在膠囊公寓裡。」野皮哈哈大笑。

「是吧？」雖然斐鱗偷偷地想，說不定那些擁有穩定薪水的上班族們，也正在嘲笑他和野皮，得每天揮汗勞動。

生活就只有這樣了嗎？不能想得更遠，把自己放在更重要的位置嗎？

每當視線接觸到那片神祕又壯麗的海洋，斐鱗總想著，世界上一定有個地方更適合此刻的自己。

不過，那到底是哪裡呢？

斐鱗回到現實，手腕上的電子錶是父親的遺物，提醒他該去掙錢了。

「時間不早了，我們得去藍艦上工了。」他換了個充滿幹勁的語氣，試著激勵野皮。

「不，我今天不去，你自己去吧！」野皮是標準的三天捕魚兩天曬網，他沒幹勁的事，誰都逼不了。斐鱗也只好苦笑，臨走前還叮嚀了幾句。

「記得去探望祖母喔！」

「我去探望也沒用，又沒錢幫她買東西。」野皮仍是懶洋洋的。

「不用帶錢，她看到你就夠開心的了。」斐鱗苦笑地離去。

※※

蔚藍的海濤出現了金光，這表示上午七、八點的交通潮要到了。交通潮，是每天早晨尖峰時間時，都市艦外圍會看到的海潮。此時的太陽早已高掛在天，將空中輕軌列車上通勤的學生與上班族們都照得清醒過來。

不過，斐鱗今天打工的地點不需去擠列車。他只需要從較為破落但靠近海灣的前京市艦，騎著水上摩托車到藍艦去。

那裡是最大的市中心，比航空母艦還大的艦艇作為水上都市，形成了一個都會圈。而斐鱗、野皮等人則住在前京市艦，靠近海灣——放眼望去，除自來水工廠之外，唯一的陸地已加上政策上的限制，地表只維持荒原與森林的狀態，不做過度的開發。

斐鱗的黑色短髮飄飛在海風中，瞇眼享受著今天最後的自由。畢竟，待會兒要到海洋渡假村去替有錢人們打掃水池，接下來有好一段時間都無法休息了。

「胸口緊緊的，希望今天會是個平靜順利的一天……」其實，斐鱗並不討厭工作。雖然他的學歷不高，工作性質也不固定，但打零工的日子往往能夠接觸到都市不同的人、事、物，讓斐鱗平淡的漁村生活多了一點色彩。

「啊！謝天謝地你終於來了！」才將二手機車在艦底的升降場停妥，海洋渡假村的主管就笑咪咪地迎上來，伸手將某個東西往斐鱗的頸上一掛。

斐鱗摸了摸那樣東西，原來是帶有晶片的數位臨時員工證。

「您好，我是斐鱗，來自於威利派遣公司，今天開始會在這裡工作，請多指教！」

即使對方已經轉頭帶路，斐鱗還是自我介紹。

「好，好，請多指教。我一直跟上頭反應，要他們派個中用的大男孩來，你的體格不錯，應該很耐操吧？」

「還可以。」斐鱗真誠地微笑，即使打工時受過不少黑心員工的鳥氣，但他每到一個新職場都帶著嶄新的態度。

剛坐電梯來到地表，一陣歡呼回聲就席捲而來。斐鱗嚇了一跳，仰頭便看見自己身處在白色廣場最底部的後台房間。巨大的看臺上，觀眾座無虛席，碩大的藍色水池上跳躍著幾頭表演的海豚，穿著華麗的飼育員如舞者一般，戴著無線麥克風，對著觀眾忘情介紹。

「這幾頭海豚都是我們渡假村內最棒的王子和公主，每天過著很好的生活，比外頭的野生海豚幸福多了！你們看，牠們也熱情地朝觀眾打招呼喔！歡呼聲再大一點！」美女主持人一介紹完，觀眾的尖叫與呼聲更加配合了。

海豚們並列在水中維持起立姿勢，用雙鰭猛拍水面。

「糟糕……」一波波強烈歡呼與回音交互攻擊之下，斐鱗立刻耳鳴。

「咦？你的臉色怎麼變白了，該不會是怕海豚吧？」

「不怕，但我可能也沒專業到能夠照顧海豚……」

「你當然不行啦！」經理哈哈大笑。「我請你來，是處理海豚們日常起居要用的鮮魚，做做清掃看臺、水池等雜務。」

「哦……」能容納千百位觀眾的看臺、以及供海豚飛越表演的深水池，全要自己清理嗎？斐鱗感覺不只耳鳴，胃也痛了。

「來，上工吧！每到海豚們當班表演，牠們平常住的豢養池就空了，麻煩你將一半的水引流到保留槽，下去清理、換新水。之後等你掃好，再將保留槽的水放回舊池。因爲，一次換全部的水，對海豚不太好。」

聽完經理冗長的介紹，斐鱗瞭解了。

他轉頭來到走廊另一頭的水池。仰首可看見高聳玻璃上的天窗，陽光灑落進來，看來這些海豚每天多少還能做做日光浴，真不錯。

斐鱗很快就發現，這裡的打工仔總共有四、五人，有了其他年輕同伴的幫忙，斐鱗心裡感覺舒服多了。其中一個來自下城區的棕髮男孩阿凡，個子雖小，卻跟斐鱗一樣賣力。

阿凡與斐鱗兩人用力地刷洗著海豚水池，水池比斐鱗看過的房間都還要大。但一想到這是要供六條活蹦亂跳的海豚居住的空間，斐鱗認爲這水池仍舊太小了。

他接觸過海豚，當時，在漁村的小海灣，經常可以看見鯨豚。斐鱗總覺得，這些動物仍舊是屬於大海的。他們每天不曉得要游幾百海浬，被關在這種水池真的就夠了嗎？

從看臺不時傳入的歡呼聲，顯示出這裡的海豚表演十分受歡迎。

「渡假村裡多半是一些沒看過海豚的白領家庭，他們在大水劫時都是坐著私人飛機逃難的。不像我們，能抓住木板、搭上聯合政府的搜救船、每天擠在鳥籠大的難民區吃發霉的麵包，就已經很幸運了。」夥伴阿凡嘆了口氣。

繼續著手中的清潔工作，斐鱗好奇地問：「你聽起來比我年長，大水劫時，你幾歲了？能自己逃難了呀？」

「我比你大個三、五歲吧！」阿凡反問：「你是大水劫之後出生的？」

「我媽在難民艦上生下我……難產走了。」斐鱗試著用平順的語氣娓娓道來。但每當想到媽媽，自己心裡總有種愧疚。畢竟，要不是自己，媽媽或許就不會死了。一想到這裡，斐鱗就為自己的人生感到著急。

他，勢必要比其他人活得更勇敢，連媽媽的份一起發光發熱才行……

「我跟同村的孩子一起住，有爸爸和祖母照顧。我有記憶的時候，自己已經在海灣跟著祖母撿貝類了，雖說我爸爸不久就過勞死了……」斐鱗苦笑。

「聽起來你很幸福了，每天摸著海水長大、看著藍天長大！我和爸媽、兄弟姊妹一家六口，擠在像雞籠一樣的小公寓。因爲爸媽工作都不穩定，動不動就斷水、斷電、斷暖氣，我只好放棄學業，從六年前就打工到現在。」

「我也是沒有錢讀書。」斐麟越聊越覺得阿凡這位像哥哥一般的男孩，跟自己很投緣。大家聊聊天，打掃的工作也不再顯得無聊了。

很快地，水池清理乾淨了，一切準備就緒。

「清潔工們！全數回到岸上，開始放水囉！海豚們的表演時間結束，馬上要回池休息了！」經理站在高椅上發號施令。

阿凡急著收拾打掃器具，槽裡水孔出水的瞬間，他的手環卻鬆脫了，一路被沖到池底。「啊！我的手環……」

斐麟推著阿凡上岸，在湍急的水流中仰起脖子。「來！我水性很好，我去撿！」

即使洶湧的水柱轉眼間沖入池底，斐麟卻能像入水的魚般自在沉著。

他一彎腰就潛入池中。充滿大量氣泡的視線裡，遠處接連有碩大的陰影游來……

斐麟銳利的目光瞥見一道綠金色的光閃過，連忙下潛，伸手去撈。

「找到你的手環了！」他浮出水面，對阿凡揮揮手。

「喂！海豚都要入池了！你怎麼不上岸！」經理氣得在岸邊罵。

「我馬上上去！」斐鱗緊張地微笑。眼前的巨型人造池一點也不可怕，可怕的是惹經理發怒。

斐鱗乖乖轉身游著，往池邊的金屬梯爬。

就在這瞬間，一道漂亮的銀色光線擦過他肩側。

那是一頭雄偉的公海豚。

牠用微笑的眼睛打量著斐鱗，似乎很新奇自己的池子裡竟有人類敢逗留。

不過，斐鱗同時感受到一股深深的挫折感。這並不是來自於他，而是來自於眼前的這位朋友。

這頭海豚似乎有心事，極度地不快樂，而且，精神狀態並不好。

混沌而黑濁的思緒，瞬間侵入了斐鱗的心。

「你很不快樂嗎……」他望著海豚，在心裡想道。

海豚也望著他，眼中充滿好奇，勉強打起了精神。

「斐鱗！快上岸！不然，今天的工資你別想拿了！」經理仍在罵著。

轉眼間，其餘四、五條海豚都接連進池了。連接水池到表演廳的水道，也壅塞起來。

斐鱗爬上岸，與他四目相交的公海豚潛得更遠，用小小的眼睛透過水流觀察著他。那種期待又有些畏縮的神情，讓斐鱗久久難以忘記。即使午餐時，阿凡坐在他前方不斷說笑，斐鱗仍覺得心底空空的。

那頭海豚，有話要跟他說。

二、南方會有暴風雨

鼻腔充滿了蘑菇濃湯與烤鮮魚、烤貝類的味道，但斐鱗卻心不在焉。他湛藍的眼中倒映著柴堆上的火光，帳篷中的長輩正圍著火光，用濃厚溫暖的歌聲讚頌祖靈。斐鱗一手牽住好哥兒們野皮，一手牽住十歲的堂妹小莘。綁著長髮辮的小莘閉眼唱和的模樣，十分甜美虔誠。

「飛揚，沙之光，讚美，海之濡，所需一切已充足。」唸完祈禱詞後，屋內帶頭歌唱的老爺爺與老奶奶，將餐具傳給同為瀅族的族人們。

自從大水劫之後，具有共同信仰與生活習慣的瀅族人們同居在一起。雖然平日住在木屋中，但在這樣的晴朗夜晚仍會重拾傳統，在大帳篷中聚餐。

帳篷上方保留一個開口，方便柴火的黑煙往上升，冬暖夏涼的設計，讓斐鱗一直很

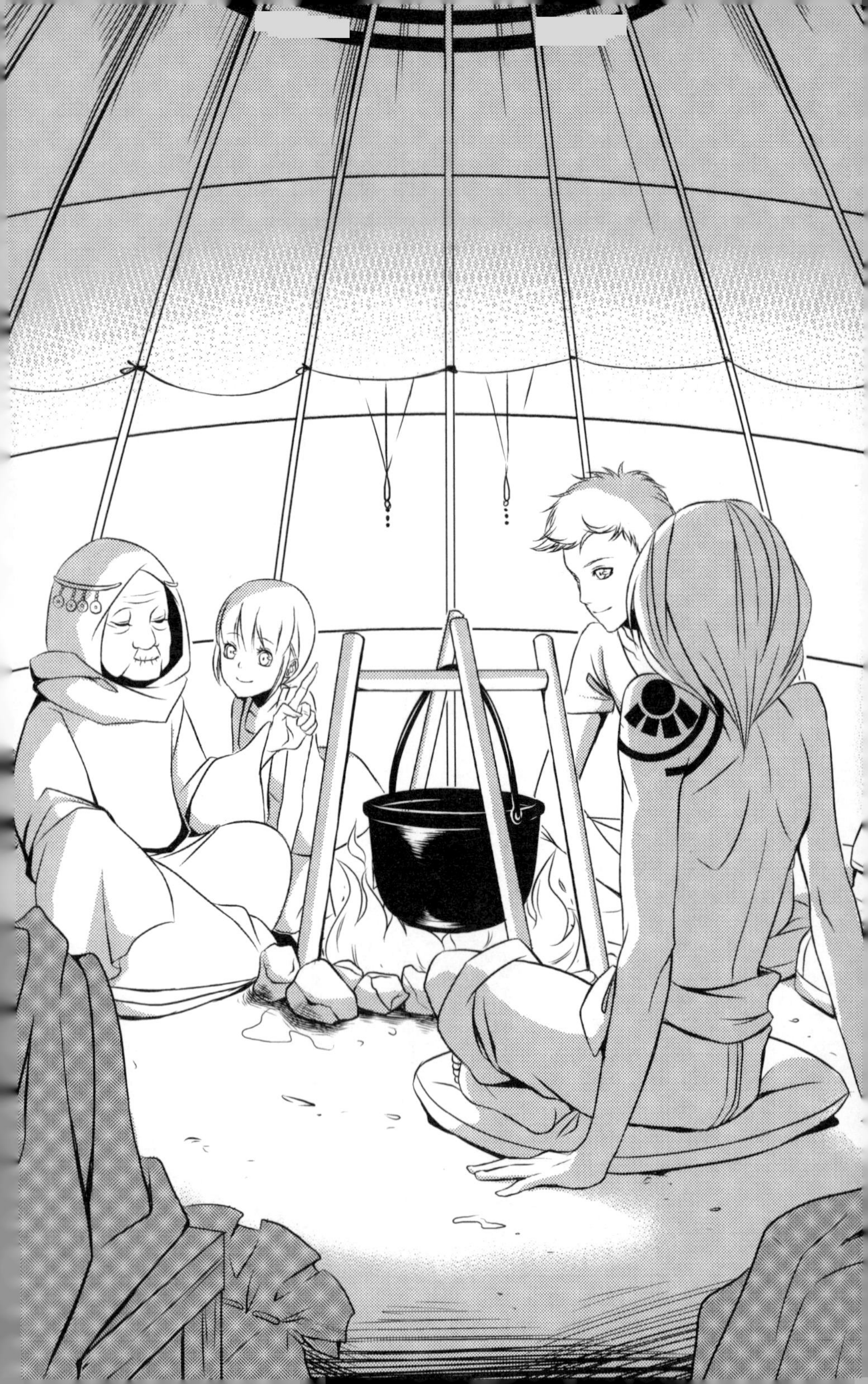

喜歡這種齊聚一堂的感覺。

不過，今天他一直想著那頭公海豚。牠知道斐鱗跟一般的清潔工人不一樣，而斐鱗也明白牠並不只是一隻表演用的普通海豚。

「還好我今天沒跟你去打那份工。」野皮粗野地抓著魚肉放入口中。「看你那失魂落魄的模樣，就知道今天沒好事。」

「今天發生的是好事還是壞事，永遠不會是在今天就能確認的事。」一個低沉而慈藹的聲音飄來。兩個男孩一抬頭，原來是坐在對面的野皮祖母——海榛。

「祖母，什麼意思？」野皮苦笑道：「算了，您也別說，我也不想知道。」

海榛沒被野皮故意反抗的說辭給驚動，仍舊掛著平靜的微笑，舀了碗湯遞給斐鱗。

斐鱗細細咀嚼著海榛祖母那句拗口的話。

不管今天發生的是好事還是壞事，永遠不會是在今天就能確認的事。

他好像懂這句話。很多人、事、物，不是在當下就能論斷的。十歲的小莘也睜著烏亮亮的眸子，一下瞧瞧斐鱗，一下又望向海榛祖母。

「哥哥，今天到底發生了什麼事呢？」小莘問。

「我好像聽得懂動物想對我傳達的話。」斐鱗提起那頭不快樂的海豚。

海榛靜靜地在一旁聽著，臉上始終浮現著鼓勵的微笑。

「這是我們瀅族自古以來很重要的能力——動物溝通。感受得到動物的情緒，這並不奇怪。你小時候也曾經跑進屋，叨叨絮絮地跟我說，小鳥回報你晚上要刮南風，這些已經是你自然而然學會的技能了。」

「唉！」斐鱗抱住頭。「聽得懂，就不能當做事不關己了。這永遠是最難的事。」

海榛祖母輕鬆一笑。「我們瀅族啊！就是註定要去做那些旁人認爲困難的事情。」

斐鱗其實很想再跟海榛祖母多聊幾句，但接下來這晚她卻只忙著跟其他長輩寒暄，不到半小時就回自己的屋裡了。

每當見到海榛祖母，總覺得她就像一顆沉落於海床中許久的珍珠，散發出恆久的光芒，也每每說得出智慧洗鍊的話語。

斐鱗有些羨慕野皮有這樣的祖母。

「我偷藏了一些小麥酒，要跟我回去喝嗎？」野皮低聲過來對斐鱗說。

「你都是這樣勾搭女孩子的嗎？」斐鱗反虧道：「不用了，今天很累，得先回去休息了。」

「我都忘了，你斐鱗永遠是個掃興鬼。」野皮搔了搔長髮髮根。「走吧！我會送小莘回家的。」

「不，你都說要喝酒了，堂妹當然我要帶走，就不打擾你了。」斐鱗是體貼野皮，語氣卻依舊爽朗地開著玩笑。他一張開手掌，小莘就笑咪咪地將自己的白嫩小手遞了過來。

兄妹倆並肩走回海灣附近，斐鱗會用水上機車騎回都市艦底部的集中住宅區。

「變冷了呢！春天的天氣果然還很不穩定。妳以後來海灣參加聚會，要記得穿外套喔！」斐鱗脫下自己的連帽外套，披在小莘的肩頭。

※※

天色已黑，遠方的海潮聲，聽起來像一場久遠的夢。

回家的路上，斐鱗聽見海濱上空的海鷗尚未歸巢，似乎在為什麼事情煩惱。

與動物溝通，對斐鱗來說並非難事。這是一種像拍電報、傳簡訊的能力，有時是感覺，也可能是圖像，甚至是清楚的言語。但只有高階技能的溝通者，能將動物的話語轉換成人類慣用的語法，並以直覺接收、聆聽。

就像在川流不息的菜市場，只要夠專心的話，偶爾會從幾百張嘴中聽到與自己擦肩而過的幾句耳語。

「今天買了真多蔥」、「這裡很擠，大家都走很慢」諸如此類的零碎句子。

從小，時不時斐鱗總能接收到幾句動物們說的話。

有時，他會試著對牠們問話，但對方也有不回應的權利。斐鱗一直覺得生活在空、陸、海的鳥獸們，只是自己在這個地球上的鄰居，彼此屬於不同的種族，有些共通的情緒語言，也有更進階的語言是無法輕易傳給人類理解的。

「也許，我該認真練習這項能力了，原本以為打工賺錢的生活根本不需要接觸這些的……」斐鱗喃喃自語。

「動物溝通……還要學嗎？」小莘睜大琥珀色的眼睛。「人讀得到動物的心思，不是很自然的嗎？」

「哦！小莘，志氣很高啊！」斐鱗爽朗一笑。「妳也跟堂哥一樣，從小就會不小心聽到動物說話嗎？」

「對啊！剛剛那些海鷗，在說漁獲要變少了，今晚得先吃飽。」小莘清澈的眼神，似乎在訴說著一件再清楚不過的事實。

「哇！這樣看來，堂哥要跟妳多學學了。」

「嗯！我每天都跟動物說話喔！」小莘認真地說：「有時候，靜靜地聽，也會有收穫喔！」

「是的，聆聽真的是很重要的事。」斐鱗憐愛地拍拍小莘的背。

「以後我不上學之後，就有很多時間聆聽了！」

「咦？爲什麼忽然說不上學了呢？」斐鱗訝異地問。

「上學太花錢，參加學校活動、買書都要錢，野皮哥哥說，像他一樣不上學，既省錢又自由自在！」

「我要宰了那傢伙……」

小莘屈指算著。「不過不上學聽起來真的很多好處，多了時間、多了錢、還多了自由！」

小莘世故的語調中有一絲得意，但聽在斐鱗耳裡卻很心酸。

小莘會這麼說，大概是因爲她感受到部落中日漸增長的經濟壓力了。最近物價上漲，長輩們開始縮衣節食，吃的、穿的都比以往差，要小莘這麼資質聰穎的孩子察覺不到，當然不可能。

「再說，斐鱗哥不是也不上學嗎？你看，你因爲不上學，就可以到處去工作，賺錢回來，所以我不要上學了。」

海岸近了，斐鱗走到栓板旁牽好水上機車，發動引擎。每當聽見機車厚重的運轉聲，他的心頭總能洋溢起一種微小的快樂。畢竟，他孑然一身，花了三、五年才掙錢買到的機車，如今能陪他到處闖蕩、找工作，也是他在這個昂貴世界中少數能真正擁有的物質。

斐鱗將小莘抱上機車，緩緩往銀色月光彼端、巨大如陸地的都市艦前進。

「小莘，難道，妳不喜歡學校嗎？」斐鱗認真地注視著她。

「喜歡呀！好多朋友，好多有趣的事情，我也喜歡問老師問題，喜歡做作業、做勞作。」

「那哥哥會多賺點錢，讓妳長大也能去學校交朋友、做有趣的事情、學更多的東西。」斐鱗微笑地對小莘說，也對自己承諾。

晚風呼嘯，一隻落單的灰面鷲從他們上方飛過。

斐鱗試著對牠說話。

「嗨！」他在心底描繪出自己的情緒與意圖，將之傳給上空飛舞的鳥類朋友。

「這麼晚了，你要去哪裡？」

「回巢，回更遠的巢。」出乎意料地，斐鱗感受到灰面鷲清晰的回應傳入他腦海。

「妳也聽到了嗎？小莘？」他問身後的女孩。

「有，這頭灰面鵰好像有兩個巢。」小莘說。

「希望你能趕快到家，我們也要回家了。」斐鱗再度對灰面鵰說道。

兩秒後，一個爽朗的聲音，如回力鏢般打回斐鱗心底。

「回家，是聰明的。明天午後，南方會有暴風雨。」

斐鱗驚訝地望著灰面鵰的背影遠去，與小莘交換了一個滿是默契的眼神。

今晚，遠方的星斗高掛，根本看不出會有什麼暴風雨。

但斐鱗知道，自己的心是很難平靜了。

※※

「嗨！」同為清潔工人的阿凡燦爛地笑著，與睡眼惺忪的斐鱗打著招呼。「吃過早餐了嗎？」

「省錢，我打算這陣子只吃渡假村提供的免費午餐。」斐鱗露出友善的微笑。

「除了節流之外，最好還得開源。」斐鱗身後傳來經理的聲音。他今天也紅光滿面。

經理笑著說：「我把你調去渡假村的房間清掃組了，那裡經常可以從客戶的枕邊桌上收到不少小費喔！」

斐鱗驚呆了，這種「好運」從沒發生在他身上過，顯然經理是另有用意。

「請問，我做錯了什麼嗎？為什麼忽然把我調職了？」

「你是清潔工人，清潔哪裡不都一樣？我只是給你一個賺更多外快的機會，也早跟人事組說好了。」

阿凡用眼神示意斐鱗別再頂嘴。斐鱗只好掛上名牌，拿起帆布包走回走道的另一邊。那裡的電梯通往飯店房間。

表演用的蔚藍水池處，傳來遊客進場的音樂。海豚的表演又要開始了。

斐鱗往電梯走去，經理在身後望著他的一舉一動。

「你在嗎？」斐鱗試著將心底的句子傳出去。

「嘿，你在嗎？」他又叫了第二次。

斐鱗唯一聽見的，是海豚水池洩洪的聲音，這是給海豚往表演水池游去的暗示，馬達會同步運作，引導水流將海豚群往表演場地趕。

水聲、馬達聲，迴盪在建築物的底部，轟隆隆的，讓斐鱗的耳朵特別難受。

他脫下了雨鞋、塑膠圍裙，也放棄了對海豚的傳呼。

整個早上，斐鱗都乾爽地在飯店樓層中打掃，替渡假村的旅客們清潔房間。

他的心情沉甸甸的，又因爲昨晚沒睡好，而頭昏腦脹。

「嗨！我問了主管，這才找到你！」客房門口飄來了痞氣又熟悉的聲音，原來是野皮。他難得沒打赤膊，乖乖穿上衣鞋，一頭長髮也綁成馬尾，胸前掛著清潔識別證。

「主管說我今天可以上工，在名單上看到你負責這樓層，我就要求來和你配組！」野皮從清潔推車後方走出，雙手做出等待擁抱狀。

「看來某人終於有心情上班啦？」斐鱗虧道。雖然他嘴上這麼說，心底卻因野皮的現身而晴朗不少。

「看到我，臉色都亮了。」野皮淘氣地拎起抹布。「你把這間打掃得很乾淨，這表示我可以先去下一間囉？」

「浴缸還沒刷呢！少找藉口開溜啊！」斐鱗制止道。哥兒們一搭一唱，讓原本苦悶的作業時間，輕鬆許多。

「說真的……」鋪滿大理石的豪華浴室中，傳來野皮的感嘆聲。「你被調到這裡，我不意外啦！」

斐鱗反問：「哦！你又知道發生了什麼事了？」

「當然知道啊！這下你連搞動物溝通的機會都沒有了吧？」野皮邊刷著浴缸底部，邊了解情況。

「我試著對那頭公海豚傳呼！但是連一個回音都沒聽到……看來，我的功力也不過如此，心裡卻總是放不下牠。」

野皮的現身，讓斐鱗終於有機會脫口說出苦惱。

「不是我在說，我們瀅族能上山下海，區區一個渡假村高樓客房與表演廣場的距離，算得了什麼？」野皮走出浴室，用狂妄又炙熱的眼神望著斐鱗。

剎那間，斐鱗感到一陣舒暢，彷彿自己曾有過的隱晦想法有了認可。

他深呼了一口氣。

「可是……不能因爲我一己的猜測，就做出讓訪客、渡假村員工困擾的事情吧？」

「你真沒用。」野皮一臉無趣地拾起刷子，回浴室去了。這句話不知道是真心的，還是說說而已。斐鱗不會跟野皮計較，但他知道，事情不能再這樣下去了。

蔚藍的天空伴隨正午的太陽，射入偌大的落地窗。在這不屬於自己的奢華客房外，盡是一望無際的渡假村美景。湛藍的游泳池、海豚表演廣場，都在日光中閃閃發亮。

「南方會有暴風雨。」斐鱗的心中，忽然想起灰面鷗告訴他的這句話。

三、聽不到的聲音

「你真走運！才刷個浴缸，就到午餐放飯時間了。」斐鱗指著野皮，兩人在員工餐廳一角吃著三明治。

這裡應有盡有，但每人限拿三樣餐點，否則野皮早把自助餐桌上的東西一掃而空了。他大口大口地嚼著，因爲看得出斐鱗仍有心事，野皮也比平常多話，任何一秒都不希望斐鱗陷入發呆而傷神。

「哈！」忽然間，野皮望著手機上新跳出的簡訊大笑。

「怎麼了？」

「小莘傳簡訊，說今天她上藍艦校外教學，但和同學走散了。」野皮臉上掛著笑意，斐鱗緊張地連忙抓過手機。

「咦！小莘這語氣也太開心了吧……『老師打電話跟找到我的警察伯伯說，只要我等哥哥們來接，就可以自行解散了。』」斐鱗氣得站起身。「這小丫頭，該不會是故意走失的吧？」

十分鐘後，好不容易翹班成功的斐鱗在警局找到了小莘。

「我想看哥哥們工作的地方。」戴著小草帽的她氣定神閒，一點也不像與同學失散的小孩。

「我工作的地方一點也不好看！妳爲什麼不能好好跟著老師、同學，舒服地坐在觀光巴士上探索藍艦的市中心，非得找我麻煩不可呢？」一想到又要被扣一小時的薪水，斐鱗十分無奈。本來野皮這沒神經的人，也吵著要跟他出來接小莘，但被他拒絕了。

「聽好，若是野皮也出來找妳，那妳也耽誤他的賺錢時間了。」斐鱗抓起小莘的手，撥了通電話給班導報平安，順便查了一下複雜的通勤車班。

「唉！要不是今天遇到週五，巴士車班有改，我一定讓妳自己坐船回家！」

小莘賊賊一笑。「說了這麼多，還不是得帶我回你打工的渡假村……」

「妳從哪裡學到這種態度的?」斐鱗是真的生氣了。「聽好，我在妳這麼小的時候，都專心在學校跟著老師和同學一起上課、做自己該做的事情!」

「又不是每個人都一定要跟你一樣。」小莘一臉覺得沒什麼值得生氣的，繼續笑笑地跟在斐鱗旁邊。

「如果妳夠大了，妳要幹嘛我都可以，但妳現在根本連替自己負責任的能力都沒有!妳如果有，就不會淪落到警察局等我來接了，早就可以自己四處溜達了!不是嗎?」斐鱗邊罵邊覺得自己快要詞窮，又怕自己一激，下次小莘會做出更危險的事。

他一路上猛做深呼吸，既要表現得生氣，又不能太冷落小莘，或逼她做出什麼危險的事，總算兄妹倆搭著空中的輕軌線，劃過藍天。

「哇!」小莘透過偌大的車窗眺望藍艦一角。白色的飯店建築群，混搭著藍光蕩漾的各大、小水池。水池以玻璃帷幕下的圓頂海生館爲中心，彷彿一個遺世獨立的水藍仙境。

「好好喔!你每天在這麼漂亮的地方工作啊?」

「哪有啊！」斐麟說：「這只是我來上班的第二天，而且妳把它搞砸了。再說，我即使在這麼漂亮的地方上班，卻還是得每天面對一堆骯髒的地板和馬桶。」

「你講話跟野皮一樣負面。」小莘露出不屑的神情。

沒想到，隨著輕軌列車到站，各大、小遊客蜂擁至海生館入口時，小莘卻露出沉默無奈的神情，皺起一雙濃眉。

斐麟笑道：「知道錯了吧？跟我走員工通道回去之後，妳就只能在無聊的員工休息室的沙發上睡覺，等我下班。那還不如跟同學、老師乖乖坐遊覽車去玩呢！」

小莘看起來很不開心，斐麟倒有些高興，認爲她終於面對現實，開始反省了。

「那我就回去工作囉！還有兩層樓的客房沒打掃，下午三點就會有新房客入住了，我得去忙了。」斐麟拍拍沙發上的小莘，看了看手錶。

「呼！還好，只被扣了一小時的薪水。」

就在斐麟準備踏出休息室的那瞬間，小莘緩緩地說了一句話。

「我要去海生館玩。」

「不行，現在遊樂區常常有怪人喜歡找小女童麻煩……」斐鱗試著找了委婉的藉口。「我和野皮都要上班，妳得乖乖待在沙發上，累了就睡覺，無聊就看電視，下午六點我就下班了。」斐鱗再度強調道。

兩小時後，野皮氣喘吁吁地跑來斐鱗身旁。

「午班主管說小莘擅自跑到海生館的表演廣場了！我們得把她帶回來！」

「這笨蛋！」斐鱗氣得起身。

「我就知道小莘來這裡是別有用意。」野皮跟在斐鱗身後跑著，忽然間補充了一句。

「什麼意思？」

野皮沒立刻回答斐鱗。而當斐鱗推開厚重的隔音門，闖入廣場看臺後側時，全場觀眾的興奮尖叫聲，立刻讓他再度耳鳴了起來。

剎那間，彷彿尖刺集結成刺球，夾雜著各種頻率的聲音，衝入他的耳道。

「啊啊——」斐鱗摀住耳朵，痛苦地蹲在地上。「我什麼都聽不到了……」

就在這時，他看見了，小莘與一票年齡相仿的學童一起擠在看臺最前方的欄杆上。她們全都伸長了手，等著摸繞場巡游的海豚們。

「海豚……原來小莘是想來看海豚。」斐鱗感到訝異，耳朵也總算稍微適應了群眾的噪音，他試著在野皮的攙扶下站起，但頭暈目眩，雙腳也一時使不上力。

野皮臉上的表情改變了，他專注地盯著前臺的小莘。

雖然外表和其他等著跟海豚互動的小女孩一樣，但小莘的眼神卻充滿擔憂，也沒有一絲興奮與期待。

「她找到牠了。」野皮低聲對斐鱗說。「她找到昨天你看到的那頭公海豚了。」

原本該繞場巡游的海豚們，速度忽然放慢了。一頭銀灰色的公海豚緩緩浮出水面，在小莘面前停駐。

「海豚！媽媽！快幫我跟海豚拍照！」

「海豚！過來這裡！握手！」欄杆邊的女童們，接二連三地對公海豚發號施令。但牠只是直勾勾地望著小莘。

當小莘朝牠伸出手，海豚目光中散發出極度的寧靜。她的眼中滿滿的是不捨與哀悼。

彷彿在海豚與小莘的世界中，這個吵鬧不堪的表演場終於安靜了下來。公海豚圓圓看似微笑的眼睛裡，有著深沉混沌的痛楚。

斐鱗閉起雙眸，試圖感受小莘所散發出的心靈訊息。

「我們能怎麼幫你？」雖然訊息是以片片段段的方式接連傳來，但斐鱗很明顯地感受到，小莘與公海豚正在對話。

斐鱗眉頭緊簇，繼續閉眼努力接收著他們的對話。

「救救我，我一天也撐不下去了。」

公海豚的絕望，如一整缸的墨汁，朝斐鱗潑濺而來。

這是斐鱗從小到大聽過，最具能量的一句話。

像是暴風雨般，將他吞沒殆盡。

※※

「小莘，妳很棒呢！竟然能在這麼吵鬧，充滿上千人的環境下跟海豚對話……」野皮將臉色蒼白的小莘抱在胸前。小莘整個人彷彿被掏空了心神，久久說不出話。一直到海豚群全數退場完畢，她都呆立在欄杆前，任憑斐鱗和野皮怎麼呼喊，就是沒回應。

「別擔心，我記得有一次祖母遇見大批被毒死的候鳥時，也是這樣子，只要不斷對她說話，把她的心神喚回來就好了。」野皮對一臉虛弱又擔憂的斐鱗說。

野皮將小莘抱到一旁的美食街，找了張椅子讓她半躺。

斐鱗拿了點冰塊過來，揉了揉小莘發燙的掌心。

「嗚——」忽然間，小莘呼出一串長長的氣音，眼神充滿惶恐。彷彿溺水的人剛回到陽間似的。

她慌亂低吼。「牠……我們一定要救救牠們！每天工作表演八小時……噪音……內出血……訓練師要牠們跳到岸上表演，每做一次，內臟就重重撞擊地板一次！」

「等一下，妳別急……」野皮抱住小莘，斐鱗則充分感受到她的恐懼與絕望。聽力敏銳，使用體內聲納生活的海豚們，每天遭受廣場上千人的噪音凌遲，不斷地練習跳上跳下，脊椎處傳來深深的痛楚。每當訓練師要海豚們滑到岸上時，內臟瞬間承受離水壓力，下一秒，又猛撞在地上……每日數場表演，一再重複。

「喂！斐鱗！」野皮的吶喊將斐鱗拉回了當下。

「天啊！我真高興我沒有你們這種爛能力！你們兩個一起發作，我哪受得了啊？」野皮用力搖著斐鱗的肩膀。雖然知道斐鱗是因爲方才也感受到了小莘與海豚的對話，因而再度陷入這樣的情緒。

「我……好想吐……」斐鱗抱著胃，緩緩站起。

「別再走來走去了！」野皮慌張地掏出塑膠袋。「要吐就吐在這裡。」

「我們一定要救救那些海豚！」斐鱗抓住野皮的肩膀。

「好啦！知道啦！」野皮氣急敗壞。「你要告訴全世界的人這件事嗎？」

「不是……」斐鱗這才明白，自己應該冷靜下來。

小莘仍半躺在餐廳的沙發座位上，血色稍稍恢復了點。

「聽好，以後不要隨便這樣使用妳的溝通能力……萬一妳出了什麼事怎麼辦？」斐鱗繼續用冰塊按摩著小莘發燙的手。

他真不敢相信，自己都差點無法承受海豚分享過來的痛苦，小莘這麼嬌小的女孩，竟然能跟海豚溝通那麼久。

「不、不用擔心……」小莘急促地喘了幾口氣。「我好一點了，我只需要喝點水……然後，我們就離開這裡吧！」

「不行，我和野皮還得上班。」斐鱗回到現實，擦掉額前的冷汗。「妳先回去休息室再躺個一小時，別告訴任何人方才發生了什麼事。」

※※

暖和的火光、奶油的濃郁香味，沉穩的深色木造空間，廊外的風鈴……這裡是斐鱗心中最溫暖舒適的避風港。

小木屋中的淡淡火光，雖燒的是先進的環保合成炭，但卻能讓斐鱗懷念起他從未參與過的大水劫以前的時光。或許，他還在母親肚裡時就曾聽過，以前的陸地隨處可見，樹木、清水、紙張，從不昂貴。不像現在，就連房間中點的薰香都是人造的。

野皮的祖母海榛正撥弄小弦琴，低沉吟唱。暖和的歌聲伴隨著檜木清香進入斐鱗的心靈，而他與小莘的針織坐墊前方則擺著安神湯，裡頭有薄荷、陳皮與小湯圓，是祖母海榛親手煮的。

「喝了安神湯，今天受到的衝擊多少會好點。」海榛聽野皮說了今天的遭遇之後，便把他們找來小屋，在藍紫色與湖水綠交織的毯子上席地而坐。

每當跟海榛接觸，斐鱗總覺得自己像是翻開紙頁沁香的寶藏書。海榛的一字一句，如經過淬鍊鐵器的火光般，帶著神祕又貴重的色彩。

「你們真是純真善良的孩子。在大水劫過後，人類體會到自己的無能與渺小，我們瀅族居社經地位的弱勢，沒有錢、沒有房子，能夠溫飽已經很幸福了。雖每日聽到動物們的言語，抱怨這個世界骯髒、狹小，我們卻什麼都不能做，只是更顯無助。漸漸地，瀅族的長輩們就不做動物溝通了。只有還相信這世界有救且願意付出行動的孩子們，願意敞開心胸，接觸那些悲慘動物們的心靈世界……」海榛摸摸小莘的頭。

斐鱗完全明白，他的海藍雙眸迸射出認同的火光。打從成年之後，斐鱗便知道在這個年代生活是痛苦的……每天會遇見多少他無能為力的事？

也因此，當需要自己挺身而出的事情發生時，只要他仍有一絲氣力，便要去做。

斐鱗觸摸著毛茸茸的抹茶色地毯沉思，一向吊兒郎當的野皮也靜下心來，望著海榛。

小莘舉起手。「祖母，我想請問，那我們為什麼跟海豚溝通完，會身體感到不舒服？」

「那是情緒引發的共感效應。因為動物主動與你們分享了同樣的感覺。」海榛說：「你們不但感覺得到海豚的情緒，更感受到更上層的源頭──他們身體的疼痛與不適。小莘的鼻血，斐鱗的耳鳴，都是共感造成的。」

「唉……」斐鱗撫住胸口。「我們都這麼不舒服了，牠們日復一日地承受，一定比我們難受千百倍。」

「我剛在網路上找到了一篇先前看過的新聞。」小莘繼續接著說：「海生館一到暑假前夕，就連開四個表演場次，讓海豚們加班。早有動物學教授在去年觀察到，大部分的海豚都越來越會違抗命令，舉不起尾鰭、無法繞場、跳不上看臺，甚至延遲出場。並不是因爲牠們單純不想做，而是體能已經完全無法負荷……」

角落裡的野皮聽了，搖頭打斷道：「但光是一次溝通，就讓你們要死不活了……我看你們也很難找出什麼具體的辦法吧！」

「不，我有個更具效率的辦法。」海榛瞇起眼睛，微笑道。「你們年輕人都愛上網，雖然部落裡只有幾台電腦，但你們應該也明白遠端連線的道理吧？」

「我知道遠端連線，例如遠端桌面共享。」斐鱗點點頭。雖然自從離校後，他已經很久沒以上網爲樂了。

「難道，動物溝通的事情也有遠距共享這種事情嗎……」小莘舉一反三得特別快，激動地瞪大眼睛。

海榛露出神祕且鼓勵的微笑。

四、犯罪計畫

「暴風雨將在二十四號來襲，已對全城發布停班停課的警報。首都藍艦首當其衝，聯邦政府將在今日上午六點宣佈輕軌線全數停駛。」凌晨的廣播中，傳出模糊粗糙受干擾的音色。

身穿灰藍色雨衣的兩名少年，一前一後騎著重型水上機車，在狂風暴雨中破浪前進。他們才剛跨上機車沒多久，只是沿著藍艦最底部的外圍停車棚行進。

由於防颱措施啟動，如金屬裙擺般的停機棚機台，已自動上升到安全水位。唯有最高檔的付費機械手臂托護系統還留下最下方。

「生平第一次要用到這麼高級的停車裝置！」野皮雨衣帽簷下的臉滿是得意。「太開心了！」

「等一下還有很多事情讓你開心呢！」斐鱗學著野皮的語氣，看來他今天心情特別亢奮。

四小時前，兩位男孩早在暴風雨前夕就抵達藍艦，找了個二十四小時的速食店窩好，等到人潮散去，再繞著藍艦底部的停車棚，尋找適當的停車位置。

「好，你先去那裡等我。」斐鱗推著野皮，要他從停車棚裡的升降梯先自行抵達之後的目的地。升降梯約有十層樓高才能到地表，野皮會回到安全的室內。

至於斐鱗，則往他才上工沒幾天的渡假村員工通道走去。他預料到可能會有監視器，因此戴上了口罩與黑色帽子。整張臉，只露出一雙炯炯有神又緊繃的眼睛。

忽然間，微弱的走廊照明閃了一下。

斐鱗頓時以爲有人來了。

走廊一片寂靜。

「一直打雷，從今天早上就這樣了。我沒有聽到有人，人來我會通知你的。」

一個聲音進入了斐鱗的腦海，清晰而帶著期待。

是那頭公海豚。

「不，不是打雷，是暴風雨引起的電壓不穩……你們別擔心，現在一切都在計畫之中。」斐鱗回答海豚。雖然看不到彼此，但經過昨夜海榛祖母的遠距心靈溝通鍛鍊，他表現得沉穩許多。而透過昨晚海榛祖母帶領的遠距溝通儀式，海豚們也早已瞭解斐鱗的計畫，正耐心等待著。

「管理員每十分鐘會來巡一次，等等三分鐘後他又會出現了。」一頭聲音像夏日海浪般溫柔的母海豚說。

「好，我等他走了再行動。」斐鱗看著手機中的靜音計時裝置，傳簡訊給野皮。

「我到了。」

野皮沒馬上回傳地點，這讓斐鱗又多了一件要擔心的事。他抿了抿唇。

「這個傻瓜……」

管理員是個機警的年輕人，協同佩槍警衛一起巡視，模樣看起來挺唬人。斐鱗從沒做過這類的事，自然是緊張得額心冒汗。

「怎麼了？」即使相隔十幾公尺，公海豚也能立刻察覺斐鱗的不安。

斐鱗打起精神，而這時野皮總算回了手機簡訊。

「我也到了！抱歉，剛在躲警衛！」

這裡的警衛配置數量，斐鱗已經問過先前的同事阿凡，並不意外。

斐鱗對海豚們說聲自己要過去了，便俯身鑽進海豚水池旁的休息室。最理想的搬運方式，是斐鱗一次帶一隻海豚坐升降梯回到露天機車棚，將牠們放回自由的大海中。每次的搬運時間來回總共十分鐘，恰巧與巡視組來海豚池的頻率一致。只要不多浪費一分鐘，就可以避免被發現。

而六隻海豚的搬運時間，總共就要六十分鐘。

「這大概會是我這輩子最緊張的一小時。」斐鱗擦去冷汗。但他再不振作點，每天該游上百海浬的海豚們，下半輩子都必須被困在這小小的水池中。

牠們所經歷的，將會比斐鱗的這一小時還難熬。

「好喔！野皮，我要去帶第一隻了。」斐鱗緩緩駛出電動靜音輪軸槽車，這是他與阿凡先前用來裝卸海豚排泄物的推車，已經清洗乾淨。單人駕駛的槽車，行進速度中等，只會發出輕微的聲響。槽身已由斐鱗注入了一些池水，再放上光滑硬挺的塑膠布，塌陷的布溝可以協助固定海豚。

槽車的容量只能裝得下一個人的身體，大概能容納半隻海豚。但倘若跟海豚溝通妥當，使牠維持頭仰姿勢，將上半身探出槽車外，並在五分鐘內快速將牠運入海水中，那就沒有問題了。畢竟海豚是用肺呼吸的動物，皮膚保持不離水的濕潤狀態下，可以撐一段時間。斐鱗想了又想，還是覺得這辦法比先前他看過的擱淺海豚的救援方式，舒適多了。

「理論上，一切都很完美，但實際上……」斐鱗自己也有些忐忑，當他終於來到海豚水池旁時，眼前的一切卻成為他的強心針。

海豚們一字排開等在池邊，為首的兩、三隻海豚露出臉來，對著斐鱗微笑。牠們寧靜而喜悅的心情如暖流般注入斐鱗的心。

「一定能成功！」斐鱗對牠們說，更對自己說。

「你先來嗎？」他伸手抓住在池邊站起的公海豚。「請前傾身體，塑膠布會托著你。」

海豚的身體比他想像中長，呈現頭上尾下的彎曲姿勢，巨大的尾巴也探出槽車外。刻不容緩，斐鱗隨即發動了槽車，緩緩往貨梯行駛。

「不用擔心，我知道我會很安全的。」公海豚說。

「G1。」斐鱗在簡訊中發了個暗號給野皮，暗號說明他正在上路，運送第一隻。野皮也隨即回傳一個俏皮的表情符號。

斐鱗的駕駛技術有些笨拙，總算對準車頭開進貨梯，卻發出「轟」的一聲。

「嗚……」海豚因劇烈震蕩而哀號。

「對不起……」斐鱗急忙關上大門，至今已經用了四分鐘，進度比預期慢了些，再六分鐘，管理員就會回來巡視，但他們應該分不出水池六隻海豚與五隻海豚的差別。

「電梯持續向下，好，非常好……」當斐鱗望著電梯的指示燈逐漸往下，海豚也興奮地挪動身體，斐鱗不忘用手掌將海豚皮膚潑濕。要是一般的海豚，絕不可能乖乖待在這麼不舒服的小槽車中，還將上半身探出車體。但只要是能聽懂得斐鱗語言的海豚，就沒有問題了。

忽然間，一陣漆黑籠罩。

「停電？」斐鱗的心，頓時間像被人往地板砸似的……他伸手狂按著電梯按鈕，但別說電梯恢復啓動了，自己與海豚仍處在伸手不見五指的驚慌中。

「這下好了，暴風雨會帶來停電，是可以預期的。」斐鱗心想，還是按下緊急通話鈕、請保全團隊協助吧！要是自己等等被抓也就算了，至少海豚不會乾死在這裡……

「冷靜點！」一個清晰又帶著責備的聲音傳入斐鱗腦海，是公海豚。

「海豚的水池有循環系統，不可能斷電太久。保全團隊會去檢查的，過去我們也遇過好幾次大停電。緊急發電系統很快就會啓動了。」海豚沉著地說。

「好……謝謝。」斐鱗嘆了口氣，生命有時就是會遇到如此無能爲力的時候。他望著手機，想叫野皮去看看狀況。

「砰！」一陣電力恢復的巨響，像是清脆的電力閘開啓的聲音。電梯的燈亮了，緊接著，電梯面板恢復了運作。

按完往下鍵，斐鱗急忙又在海豚身上潑了潑水，讓牠保持肌膚濕潤。

抵達停車棚了！

電梯門開啓時，濃郁的海風拂面而至，但畢竟處在暴風雨中，斐鱗與海豚再度被打得一身濕。距離一百公尺的機車棚欄杆外，就是深邃而凶暴的海洋。

自由，終於近了。

「是海……是海！」公海豚仰起上半身探入風中。

「小心！我把你運到車棚最外圍……」斐鱗在狹窄的機車通道中駕駛著槽車，眼看前方通道，竟被停得歪歪斜斜的機車群給擋住……

「你必須下車了！來！我靠自己的力量把你運過去！」斐鱗毅然做了決定，雖然只有自己一個人，但他堅信自己必須要做到！

斐鱗知道自己不可能直接扛著公海豚徒步跑向機車棚欄杆外。他翻開塑膠布，輕輕將海豚扶到地上的布面、包覆好海豚，確定牠的尾鰭不會滑出。

斐鱗這才拖著塑膠布上的繩索，努力跨步往前走。

「抱歉……我這麼重。」海豚嘆息道。

「重返自由之後，你第一件要做的事情是什麼？」斐鱗邊喘著氣邊使勁往前走，還邊鼓勵著海豚。

「我要繞著這座把我囚禁好久的海上城市游一小時，等你把我的親族都放回海中後，我們要使勁地游、盡情地衝，直到南方的藻礁才歇息！」海豚的情緒，是斐鱗從未聽過的亢奮。

「希望你們能適應得很好！」

「我們會的！」

「如果有任何需要幫忙的地方，來前京市艦的小漁村找我，我會想辦法的！」斐鱗用盡力氣說完這句話時，也終於將公海豚帶到了圍欄邊。

這裡已經是藍艦最外圍，也是最底層的停車棚區域了，越過欄杆，就是大海。

斐鱗死命將海豚直立扶起，讓牠側身靠在欄杆上。

「準備好囉！」他望著海豚頭部已經閉上的氣孔，牠真的準備閉氣了。

「再見！」斐鱗放手，用力過大，他自己都差點翻過欄杆。

「哈！哈哈哈！」看見海豚落入海中的浪花時，他開懷大笑。

心有餘悸的感覺消失了。

浪花轉瞬消逝，深藍色的大海險象環生，但斐鱗知道海豚會沒事的。

早在昨晚海榛祖母的協助下，斐鱗、小莘與海豚們做了一場遠距的心靈溝通。透過焚燒的魔法草藥，斐鱗跟海豚溝通好今天的計畫。

「我們在野外每天都必須游好幾百海浬，被天天困在這裡做些體能表演，又跳又撞，內臟真的很不舒服……」斐鱗心中的苦悶隨著剛剛釋放的公海豚一起飛走，但這些痛苦的海豚宣言卻仍歷歷在耳。

「笨蛋！你最好快點，我剛剛聽到警衛腳步聲，感覺巡邏的人變多了！大概跟方才的斷電有關。」看到野皮傳來的簡訊通報，斐鱗一口氣衝上樓。

「我看我不要把風了，直接幫你運比較快！」野皮提出建議。

「不用！我會加快動作！你不把風，行動可能會失敗！」

有了方才的經驗，加上之後電梯都運作順利，斐鱗又運了三隻海豚，成功釋放。

到此，他已經花了四十五分鐘，也筋疲力盡了。斐鱗勉強開著槽車上樓，剩下最後一隻海豚了。

牠是一隻年老的母海豚，堅持要最後走，如今正在池畔安穩地等待斐鱗。

「好！終於換妳了，馬上就自由囉！」斐鱗正想把牠運入槽車。

此時，警報器大響。

「該死！」斐鱗罵著，連忙和海豚一起潛入水底。

還好方才留著野皮在外頭把風。機警的野皮立刻打開表演池與豢養池的通道。

「游過去！」斐鱗一口氣攀在母海豚鰭側，牠立刻飛速將他帶至表演池。

起身換氣後，斐鱗抬頭望向水面上的表演廣場。

上千個空座位在水池上方仰望著他們。幽幽的水光打在天窗上，外頭的暴風雨似乎平靜許多了。

「快！警衛已經衝去豢養池了，他們一看到槽車，就知道剛剛發生啥事了！」野皮連忙把斐鱗拉上岸，張開他預先準備的防水塑膠布。

兩人將母海豚扶上塑膠布裹住，再合力搬起。

「野皮，沒想到，原來你這麼機警啊！」

「我只對自己有興趣的事情機警！」野皮耍帥地說，一頭長髮已因海豚而變得濕漉漉的。

他們倆往貴賓通道走，這是斐鱗打掃時發現的權貴人士參訪專用道。

「地上怎麼有濕腳印？今晚還有人來這裡嗎？」聰慧的斐鱗發現機車棚走廊上有不少腳印。

「別管了，先搬！」雖然是徒步行走，但有野皮一起合搬海豚，機車棚的圍欄就在眼前了！

過程免不了一番顛簸，母海豚似乎很不舒服，但仍安靜地忍耐著。

「好！去吧！」

在兩人的合力推動下，母海豚的身影越過欄杆，同樣毫髮無傷地墜入藍浪中。

淺色的晨曦照亮了黑夜，看來黎明提早到了。

斐鱗與野皮相視而笑。

此時，身後傳來一陣慌張的腳步聲……

是個金髮綠眼的陌生少年。他的穿著跟斐鱗他們頗像，同樣是不顯眼的黑衣黑帽。

「呃……」他與斐鱗、野皮四目相交，因爲自己在逃跑時被發現而顯得有些困窘。

「你都看到了？」野皮苦笑。

「看得一清二楚。」少年回答。

「哦？」斐鱗打量著他。「我看你身上也揹了不少東西嘛！看來我們今晚各有收穫，彼此就不要過問了，趕快解散吧！」

「謝啦！」少年看起來鬆了口氣，他拉緊背上的束口袋。「之後就互不相欠了，畢竟今晚恢復電力的人是我，我想你們應該也有受惠吧！對了，今晚的監視器畫面我都動了點手腳，希望我們都能平靜過日子囉！」

斐鱗訝異地望著這個少年。

「不聊了，快撤退！」野皮拉著欲言又止的斐鱗，往自己的水上機車一坐。

少年們駕車破浪而行，衝離了藍艦底層的海域。

晨曦灑落在前京市艦的方向，海面上點綴著淡粉色。

忽然間，在幾百公尺處，一道銀弧閃過眼前。

緊接著，第二道、第三道……總共六道跳躍的弧線，如銀色彩虹般現身。白色巨浪也因牠們而出現光彩。

「啊！是海豚們！」斐鱗朝遠處跳躍的海豚們揮了揮手。前座的野皮雖然忙著駕駛水上機車，但也空出一隻手搖了搖。

「謝謝，我們平安，願你們也平安。」公海豚的聲音傳入斐鱗的心中。

海豚們的背部映著黎明的粉橘暖光，看起來是那麼愜意而自由。野皮與斐鱗騎著機車，迎著雨水，一路微笑。

而斐鱗這時還不知道，他的海上旅程，已經在這一刻展開了。

五、生涯新計畫

斐鱗從鬧鐘聲中驚醒。已經一星期過去了，他與野皮持續在他們「作案」的渡假村內打工，前天才剛領週薪。雖然不希望「作案」、「犯罪」這種事情被用在自己身上，但斐鱗很清楚自己做了什麼事，新聞也大規模地報導著整起事件。斐鱗因爲曾擔任過水池清潔，還被叫去做了筆錄。所幸警方只是問了些簡單的問題，並沒有找出破綻。

野皮倒落得輕鬆，危機解除後，他又恢復原本游手好閒的模樣，每天就拖個清掃用具、踩著他的平底鞋，在客房之間慢慢打掃。

當然，他們都考慮過可能的後果。也因爲經過考慮，他們才願意做出當晚的犯罪行爲。

斐鱗頭幾天還草木皆兵，整天都處於緊繃狀態，但看到野皮過一天算一天的哲學，倒也慢慢受到影響。只是，斐鱗仍常常想起當晚遇到的那個金髮少年。

他很明顯是趁暴風雨來渡假村偷東西的，只是恰巧選擇了和他們一樣的離開通道。離開前，金髮少年還說自己對監視器動了手腳。

「也許他說的是真的，我們才一直沒被抓到。」斐鱗喃喃自語。

「不要再活在那一天了，海豚們都逍遙去了，這年頭沒有確切證據，不會輕易定罪的啦！如果你要坐牢，我也逃不掉，就一起去吃免費的牢飯吧！」

野皮的話總是簡化了所有難題。其實，把事情簡化又有什麼不好呢？

吃完早餐後，斐鱗就和野皮去上工。自從適應這份工作後，每一天都過得特別快。黃昏時分，兩人正在討論要留在員工餐廳吃另一頓免費的，還是要去藍艦上自己能負擔的小餐館探索一番。

「拜託，不是每個人都有機會到藍艦工作！首都耶！怎麼能每天只來上班就回去啊？」

斐鱗聽過父執輩的一句老話：「在藍艦逗留過晚，一天的工資便不復返」，因此也極力勸阻野皮。

「聽著，兄弟！這是你欠我的！我從沒要求你爲我做什麼事，只求今晚好好瘋一下，你不想隨便花錢的心情我懂，但是至少要有人在我喝醉的時候把我弄回家啊！」野皮這次是說真的，斐鱗只好放下員工餐廳的餐券，陪野皮離開。

入夜後的藍艦特別美，是斐鱗住的前京市艦所比不上的。搭著輕軌線，整個藍艦的街道與住商規劃一目瞭然。藍艦是標準的住商混合區，但一環環的商圈呈輻射形擴散，夜景看起來也像是一個個巨大的泡泡糖般，閃爍著霓虹光火。高大先進的建築群一座座豎立其中，的確有聯邦政府首都的氣勢與剽悍之美。

「真是的，以後我交到女朋友，一定要帶她來藍艦。」野皮望著滿城數不盡的各色商區燈火，喃喃自語。「你看，戀人摩天輪、空中餐廳、星塔百貨！」

這是一週以來，斐鱗第一次試著享受眼前的一切。美侖美奐的生活環境，總是提著大包、小包購物戰利品的人們，疲倦卻也靜靜品味城市夜景的通勤族們，這一向不是他能想像的世界。

最近，斐鱗經常在想，十年後的自己也會在藍艦嗎？一樣做著打工的工作嗎？他買不起車、買不起房，會有人願意跟他共組家庭嗎？

「不……小漁村那種佈置溫馨的小木屋，有著藥草薰香氣味的地毯，幾個抱枕，溫馨的小電視，加上一鍋熱熱的鮮魚濃湯……這樣就很好了。」

野皮看手機上的資訊說，附近有間小酒館，賣南方焗烤料理，也售自釀啤酒，兩人便迫不及待地出了車站。

小酒館的名字叫「午夜陽光」，斐鱗挺滿意這名字，他爲了照顧即將喝醉的野皮，當然滴酒不沾，可惜店員一發現野皮未滿十八，他的醉醺醺大計自然也沒戲唱了。兩人只好喝著可樂耍酷，邊偷偷打量角落裡穿著黑皮衣的成熟女孩子。

小酒館的牆塗裝成沉穩的酒紅色，周遭貼著大水劫以前的復古電影大海報，氛圍很舒服，有三五好友大聲嬉鬧，也有靜靜啜飲的妙齡女郎。

「欸！等等要不要去看啊？我賭你不敢去！哈哈哈！」

隔壁桌的男孩嗓門大得讓野皮很生氣，正想叫他們安靜點，斐鱗卻對他們口中的地點很有興趣，暗示野皮也仔細聽。

「好啦！我又沒叫你報名！體能甄選你也不一定過得了啊！」幾位年齡相仿的大男孩彼此嬉鬧互嗆，言談中透露出這項甄選有著高薪與優渥的福利，聽說還供應三餐。

「他們講的工作條件，好像不錯。」斐鱗豎起耳朵，越聽越有興趣。

「這種要體能甄選的，當然不錯！」野皮也搭腔。

「好啊！說走就走啊！我才怕你不敢呢！」男孩們鼓譟道。

眼看幾位男孩拍拍屁股，彼此邊打鬧邊結帳準備離開，斐鱗與野皮也急忙買單，跟在他們身後。

男孩們穿過狹窄的後巷，熟門熟路地走到通往藍艦碼頭的主幹道。

映入眼簾的，是星空下的一艘優美船艦。

這是一艘彷彿郵輪般的美麗遠洋大船，約能容納上百個乘客。純白的船身，點綴著三角條紋藍旗與銀色圍欄，仔細一看，它纖細的船身竟然搭載著海對空砲械，儼然是艘輕武裝的探險船。

全新的雪色船身，加上看起來安全感十足的高科技武裝設備，彷彿帶著武器的女神般，躍然於眼前的海面。

船身上寫著它的名字——奇異號。

男孩與眾多路人們靠在藍艦碼頭旁，欣賞著奇異號壯麗的英姿。而斐鱗與野皮也早已目瞪口呆，望著這艘儼如女神般的美麗探險船發愣。

「政府重金打造這艘『奇異號』，是要配合最新的聯邦計畫——尋找大水劫過後，地球上其他僅存的人類勢力。這也是繼先前的計畫後的另一波搜索，總共會有五艘如奇異號這樣的船隻出海。其中，全新的奇異號將探險船員的經驗與募集年齡都往下降，引起了年輕世代的熱烈關注。」一旁的女記者正拿著小巧麥克風，對著遠距連線鏡頭播報。

女記者指著斐鱗與野皮面前的少年們。「看看這些血氣方剛的男孩，他們是否有緣登上奇異號呢？」

「可以！我想登上奇異號！」一名激動爽朗的金髮少年對鏡頭大喊。

斐鱗厭煩地瞪著他，心想這人也太愛出鋒頭了。他定睛一看，這名金髮少年聰慧的輪廓，似乎有些眼熟。

野皮轉過頭來，也注意到金髮少年了。「欸欸……他是不是……」

斐鱗點點頭，暗示野皮別太聲張。兩人此刻都確認了，鏡頭前熱情的金髮少年，就是暴風雨當晚他們撞見的小偷。

那個自稱把監視器動過手腳，也的確讓斐鱗全身而退的男孩……

「我們走吧！」斐鱗也怕金髮男孩認出他們，低調地拉著野皮走開。

「這樣就走了？你不是對奇異號的探險隊很感興趣嗎？」

「我已經拿到足夠的資訊了！」斐鱗笑了笑，揮舞著手上的兩張傳單。上頭註明奇異號的招聘事項與測驗日期，也包含薪資與福利。

「剛剛那裡的大看板下方，有個開放式的信箱可以自行拿取傳單。」斐鱗說。

「哈哈！你手腳還真快！」野皮接過傳單一看，驚嘆連連。「天啊！薪水也太高了吧！我們明天就去辭掉渡假村的工作吧！哈哈哈！」

「這種事不能隨便開玩笑啦！要回去好好考慮！」斐鱗笑了，其實，他自己的心也早已隨著傳單的內容，飛到九霄雲外了。

每天與藍天大海爲伍，在團結一心的船上工作，再加上未知的壯麗美景……斐鱗幾乎是抓著傳單看了一遍又一遍，當晚的夢中也塞滿了自己對未來的憧憬。

與其留在小漁村，每天到藍艦通勤，換取微薄的生活費，不如體驗看看探險生活，好好看看世界的其他角落……

再說，奇異號的生活作息規律，一天三餐含宵夜，薪資優渥，還能開銀行自動轉帳戶頭給家屬。

「再加上鉅額保險金，萬一我不幸因意外過世，至少小莘和海榛祖母的生活費還有著落，不至於喝西北風……」

斐鱗想著想著，忽然有種安心感。朦朧的睡意中，他站在船舷迎著海風與陽光，與身旁的船員同伴閒話家常，甲板上飄來午飯的香味，海豚群在遠處跳躍。

是的，就是那些海豚……

「當海豚離開時，彷彿也帶走了我心靈的某一部份。那天迎著暴風過後的細雨回家，空虛與滿足同時湧上心頭。我才發現，其實我很想跟著海豚們一走了之……不想再每天打卡上班，爲了領鐘點費而苦惱。所以，我決定參加甄選。」

斐鱗留給野皮這封信，早早就出門了。

「這個笨蛋。」野皮揉著惺忪的睡眼，用祝福的眼神將斐鱗的信看完。

「可惜我沒有那麼大的勇氣，去海上生活。大水劫過後，大家都對海怕得要死，只想好好待在陸地上，就只有斐鱗這種笨蛋，想往海上衝……」

※※

雙腳踏在草皮上，斐鱗揹著帆布袋，站在分組攤位前，領取自己的掛牌。

這裡是奇異號位於藍艦體育場裡的訓練篩選營。在兩天的期程中，奇異號的管理團隊，將從報名的一百多人中篩選出六名從未有出海經驗的二十歲以下少年，隨奇異號出海。

斐鱗望著場上一百多個跟自己年齡相仿的少年，大家都在列隊，等待體能比試。他們有的看起來比自己強壯、有的則是年長又經驗豐富的模樣，自己則是修長、也有些瘦弱……想著想著，不安也寫在臉上。

「嗨！」一個熟悉的聲音從肩側響起，竟然是那名自己避之唯恐不及的金髮少年。

「你怎麼一副看到鬼的模樣？」金髮少年大笑。「哦！該不會是因爲之前那件事吧？」

「噓！」斐鱗感到頭皮發麻。這麼見不得人的事，金髮少年竟然能粗枝大葉地大聲嚷嚷。

「好啦！放輕鬆好嗎？今天，就當我們第一次見面！」少年伸出手與斐鱗握著，湖泊綠的雙眼透出誠意。「我叫朔迦，你呢？」

「斐鱗……」斐鱗打量著朔迦，他個頭比自己高且結實，手上掛著一枚英氣逼人的徽章戒指，價格看起來不菲。

「哦！這是家族戒指啦！每個蘇特家的男孩都要戴，我也不願意啊！」朔迦一臉輕鬆，竟將戒指輕浮地取下，塞回包包中。「來到這裡，不用被爸爸和哥哥管，終於可以脫下這戒指了。如果成功甄選入船隊，我更是可以不用再戴上它囉！」朔迦的語氣似乎充滿期待且輕鬆。斐鱗不禁想著，他看起來是出自於權貴人家的孩子，爲何當晚還要行竊呢？

而且，朔迦似乎是個慣竊，對於自己所做的事情毫無良心不安之感。光想到這點，就讓斐鱗不太舒服。雖然自己的行徑也非聖賢，但斐鱗總有一種緊繃感，不知道怎麼面對朔迦。

喇叭廣播聲響起，一個穿著白襯衫，擁有小麥色肌膚的體面男人站上台，對著一百多名男孩喊話。他的灰髮側分，眉清目秀，斐鱗還以爲他是大公司的菁英董事長。

「各位好，我是豪爾船長，也是未來兩年航程中你們要每天看到的人！各位受訓者，我們也不浪費各位時間，若是訓練中途想閃人，保證金甘願給我們的話，就閃吧！開頭我們就先測驗水上和路上馬拉松，身體不舒服的，抱歉，我們也希望你能健康地離開，不需勉強！只麻煩你昏倒時，別擋住後頭的人！」他大手一揮，豪邁的語氣反而讓學員們都禁聲起來。

斐鱗也開始緊張了。等到測完海陸馬拉松與越野障礙賽，參賽者只剩下五十人。過程中，斐鱗不時在場內看到朔迦的金髮身影。

「那小子還撐著，我也不能輕易放棄！」

無意間，朔迦的存在對斐鱗起了鼓勵作用。累了一整天回營吃飯時，斐鱗發現自己幾乎是用爬的，才能拖著痠痛的四肢回到草坪上的臨時餐桌。

身旁也有個傢伙跟他動作一樣，駝背又遲緩。斐鱗轉過頭去時，與朔迦相視而笑。

「哈哈哈哈！」

彼此的樣子實在太蠢太窩囊了，但也是因爲硬拖著身體奮戰整天，才能將另一半的受測者刷掉。兩人的心中都有種遲來的勝利感。

「學員們！」廣播響起，原來是豪爾上台了，他先是一臉嚴肅，最後笑容滿面。

「看我做什麼？快吃飯吧！我們邊吃邊講！真的，我沒在跟你們開玩笑！快吃吧！」

朔迦立刻將桌上的兩條魚掃向自己與斐鱗的方向，斐鱗也在同時間伸手抓住淋醬的肉排，一塊拋給隔壁的朔迦，一塊拋給自己。

男孩們狼吞虎嚥，看在豪爾船長眼中，似乎是一件有趣的事。

「很好，方才各位表現出紀律與活力，這都是船上團體生活中很重要的！但你們邊吃邊聽我說話的景象，也是最後一次了。往後上船，每次開動都是我喊，要是我沒說開動，你們就算餓了十二小時，也一口都別想吃。」

「原來是先讓年輕人們卸下心防，才趁機進行教育啊！」斐鱗邊吃邊打量著船長。看起來，他是個嚴格卻很有趣的人。

此時，朔迦拿出的高階手機不斷在桌邊振動，來電顯示分別為：「千萬別接，是老爹」，以及「恨得牙癢癢的老哥」。看到朔迦一臉稀鬆平常，忽視兄父來電的模樣，斐鱗又羨慕又想笑。

他問朔迦。「他們應該只是擔心你吧！怎麼不接呢？」

「不用接啦！過去兩天我早就跟他們挑明，不需要他們靠那些律師費來養我了！我兩天後就出海了，到時候他們就瞭解了！」

「你爸爸和哥哥都是律師？」斐鱗驚訝得差點噴飯。以他狹小的生活圈而言，老師已經是夢幻工作，他從未聽過有親近的人來自律師與醫生家族。

「對喔！你說你是蘇特家庭，難道城內有名的蘇特法律事務所，就是……」

「唉呀！」朔迦粗野地咬開肉排，揮了揮手。「拜託，我還以爲世界上總有個地方不會讓我聽到這些事呢……你一說，我又要胃痛了。」

「對、對不起……」斐鱗想到幾小時前朔迦毅然摘下家族戒指的模樣，他一定想脫離家族很久了。反觀自己什麼也不懂，就拿對方的家世說嘴，大概很惹人厭吧？

「沒事啦！」朔迦倒了杯桌前的麥茶給斐鱗。「只是，我真的受夠旁人告訴我該怎麼做了！從小到大，不管是外人或是親人，見到我總會問書唸得如何、以後想當哪種領域的律師？他們根本不在乎，我真正想做的是什麼……」

看見朔迦困頓又疲憊的眼神，斐鱗忽然覺得他很可憐。跟那些關在小水池，每天還被迫表演的海豚們，是那麼相似。

自己雖然胸無大志，親族也非權大勢眾。但從小，他一直很自由，想打什麼工都是自己選的，不想上學也無所謂。這麼迥異的兩個人，竟然能同桌吃飯，還可能成爲同艘船上的船員，斐鱗感到不可思議。

「那麼，朔迦，你真正想做的事是什麼呢？上船、出海冒險嗎？」

朔迦先是一愣，隨後露出萬分驚喜的眼神。「竟然會有人真的在乎我想做什麼……你也太酷了！」

「沒……沒有吧！我只是問了個普通問題而已！」

「唉！你這普通的問題，可是讓現在的我發表欲十足呢！」朔迦一臉興致勃勃的模樣，斐鱗也樂得洗耳恭聽。

他說了許多自己求學路上的挫折，考試沒有一科在行，只有體育特別拿手，兄父卻不斷對他說體育好沒有出息，朔迦苦撐到高中，最後輟學，跟斐鱗一樣到處打零工，但哥哥卻又故意把他安排在律師事務所，鬧得家裡天天革命。

「後來我意會到這樣不行，就自己搬了出來。我的房東太太很照顧我，雖然她窮到不行，卻收養了很多五、六歲的流浪兒童。聽說他們的爸媽都是患了大水劫憂鬱症自殺的……爲了幫她養小孩，我偶爾在晚上出動，去有錢人出沒的地方摸摸首飾、錢包……」朔迦壓低了聲音。「就像你那天在渡假村看到的那樣。」

「原來如此……」斐鱗點點頭，想不到朔迦這個富家公子，意外地坦率，讓斐鱗又對他添了幾分好感。

「這次如果能上船，我打算預支薪水，給那幾個小孩去讀小學，他們因爲沒錢，已經延遲上學好幾年了，再這樣拖下去，就來不及了。」朔迦的灰綠眼眸中滿是焦急。斐鱗也想到自己這趟出航，要考慮到的首先就是堂妹小莘和海榛祖母，但沒想到，朔迦要考慮的人數，遠比自己多更多。

「看來你是個很好的傾聽者啊！」朔迦語畢，望著斐鱗的藍眼睛微笑。「敬你一杯，希望下次我們互敬，是在船上的時候了。」

斐鱗咧嘴一笑。「真的，我也那麼希望！」

六、藍天下的送別

隔天的測驗內容，也包含了船上作業的基礎教學。豪爾船長會先用整天的時間，進行船上基礎作業、危機因應與搜救等授課內容，一上完課立刻驗收，不合格的成員就當場被剔除。

五十多個男孩們終於有機會登上奇異號，大家都興奮不已，卻也因此錯誤百出。不過斐鱗和朔迦都有不少豐富的打工經驗，學得也很快，兩人的成績名列前茅，自然在訓練時脫穎而出。

「明天上午，在整座城市替我們歡呼的盛大送別儀式下，我們就出航！」豪爾船長一一伸出手，與結業儀式中站得直挺挺的男孩們握手。

他握到朔迦與斐鱗時，特別認真地看了看他們的臉。

「哦！你們剛剛的海中搜救很精彩，看得出兩位平常都很常游泳，往後可要多多聽我的話，別賣小聰明啊！」

朔迦毫不猶豫地點頭，斐鱗則用自然大方的眼神望著船長，堅毅一笑。

時間不早了，斐鱗帶著興奮的心情與朔迦話別。兩人之間沒有多說什麼，反正往後的兩年要天天見面，斐鱗決定還是先回家報平安。

他通過甄選的消息，立刻在小漁村傳開了，連重病的父老都撐著拐杖前來海榛祖母家聚餐。現場氣氛歡騰，大家在溫暖的鵝黃色火光中跳舞唱歌，彷彿一群孩子般歡喜，高聲吆喝。

「願你的心高飛，但始終記得鳥瞰這片愛你的陸地，願你的身體潛泳，水面上的光照耀在你的背部……」當父老們舉起杯沉靜下來，為斐鱗唱完祝福之歌時，他已熱淚盈眶。

夜深之後，父老們漸漸散去，野皮本想幫忙收拾碗盤，但卻趴在地毯上睡著了。

「這個笨蛋……」斐鱗替野皮輕輕蓋下毯子。

「小莘……」斐麟找到因他要出航，而顯得鬱鬱寡歡的小堂妹。不擅於表達離情依依的心情，小莘一整晚都撇著嘴，默默鬧彆扭。

「妳未來的學費，明天一早銀行就會存進海榛祖母的戶頭。既然妳喜歡學校，一定要珍惜每一天的學習，該玩樂時，也要好好和同學一起玩喔！」

「你不在，誰來幫我做美勞作業，誰來幫我整理數學筆記……」小莘倔強的眼淚，這才流了出來。

斐麟心疼地摸了摸小莘的袖子。「別這樣，野皮哥哥會教妳的。」

「他才不會咧！他什麼也不會！」

「喂！」地毯上的野皮睜開眼睛。「我可還沒睡著喔！」

堂兄妹三人哈哈大笑。

此時，海榛神祕兮兮地從木屋後方的房間走出，敲了敲門框。

「祖母，怎麼了？」斐麟走近，只見房內的大床上平鋪著一件漂亮的長巾。

長巾的顏色，豐富得宛如大千世界，卻又具備一點冷色調，像豐收的秋景。材質是針織佐以絲絹製成的，裡層綴著孔雀藍、沙漠金與星空紫，尾端的墜絲則帶著一點橘，很有層次感。

「祖母，這是……」

「我們瀅族，一向會給離家的成年男子餞別禮。這項禮物必須包含部落傳承下來的老東西，象徵祖靈的好運，且製作過程應經手十個人。『十』在我們族裡是圓滿，表示收禮的人也會收到全族滿滿的祝福。」

「祖母……」斐鱗摸著長巾，它的觸感舒適柔軟，實在不像十個不同的人縫製出來的，反而像神靈在一夜之間親手打造的精緻禮物。

「這個金穗是從你祖父送的一件大衣上拆下的，他跟你一樣，也是個擅長水性、深愛大海的人，我想，這應該很適合你。」海榛祖母眼中湧起無限的思念。

她伸過手，輕輕地將長巾折起，遞進斐鱗懷裡。

「海上風大，你要把它披在肩上午睡也好，當成圍巾保暖也可，要是嫌麻煩，綁在腰間當腰巾，也很瀟灑耐看。」

「謝謝祖母……謝謝大家。」斐鱗接過這份貴重的禮物，深怕自己此趟一去萬一沒有收穫，豈不愧對大家的厚望？

彷彿讀懂斐鱗思緒似的，海榛祖母淺淺一笑。「傻孩子，你的個性就是這麼較真，禮物就是禮物，只有祝福，沒有壓力。兩年的時間一下就過了，你爲了我們的生計離鄉背井，已經是很大的犧牲了，你還求自己回報什麼呢？好好的過日子，開心地享受你應得的冒險，就不愧對大家的這份心意了！」

斐鱗點點頭，他蔚藍的眼中閃爍著難以言喻的激動，卻什麼都說不出口。伸出手，他緊緊抱住海榛祖母。祖母布滿粗糙皺紋的溫暖雙手，輕輕地摸了摸斐鱗的黑髮。

「欸！我們也要！我們也要！」野皮扛著小莘吵吵鬧鬧地衝進房門，環抱住破涕爲笑的斐鱗。

※※

白金色的陽光，照得斐鱗的雙眼睜不開。他的小麥色肌膚在日光下閃耀，開口微笑時，臉上的健康膚色更加凸顯出一口皓齒。一旁的朔迦則瞇起細長深邃的湖綠雙眼微笑，白皙細緻的輪廓帶著幾許雀躍。

港口邊一早就聚集不少人群，準備觀看奇異號出航。而斐鱗與朔迦早已登船，回望著藍艦碼頭上的人群。

「每個人看起來都像在另一個山頭耶！我們已經離藍艦這麼遠了啊？」斐鱗心想，不曉得野皮和小莘站在哪個位置。密密麻麻的人群，已非他能辨識的了。斐鱗的手機也早已交到奇異號的保管室，雖然興奮，他面對要與家人分開的這件事，仍感到有些惆悵。

「畢竟都要出航了嘛！若奇異號還停留在港邊就太可笑了。」朔迦倒是一派平靜。他昨晚一個人在房東太太家過夜，黎明時溜回家給爸爸、哥哥各一封信，就直接過來報到。跟他相比之下，斐鱗過得精彩溫馨多了。

「小子們，朝藍艦上的人招招手吧！接下來我們要出海了。」豪爾船長的聲音透過廣播傳了出來。他本人站在三樓的船長室陽台上，以一身白淨的長袖長褲工作裝，瀟灑地往藍艦方向揮手。

而船艦上除了幾位新來的年輕船員特別亢奮之外，其餘青壯年的船員前輩早就忙得不可開交，一點郊遊的青春雀躍也沒有。

「我們也去幹活吧！」斐鱗說。隨著奇異號與藍艦的距離慢慢加大，他望向自己居住的前京市艦小漁村。

故鄉越來越遙遠了。與其感傷，不如像個男子漢般，奮力投入工作吧！斐鱗心想。

兩人在船上的第一份工作當然不怎麼體面，只是很基礎的清潔工作。嶄新的甲板很快被腳印踩髒了，斐鱗與朔迦也幾乎趴在地上幹活，這並不是什麼難以接受的工作，先前他們都做過無數次了。

「為什麼那麼多人出來歡送奇異號呢？這次的尋找大陸計畫，不是已經派出好幾艘更先進的菁英船隻了嗎？」朔迦問。

「大概是因為奇異號的招募計畫做了比較多宣傳吧！」斐鱗回答。他一直都很關注聯邦政府派出的船艦。以前有空時，他總愛在海邊望著雄壯的船艦出海，並從船的外觀猜測它們的功能。沒想到，自己如今倒成了被群眾在岸上歡送的對象。

「你們兩個笨蛋！別人在甲板工作，你們卻在這裡刷刷洗洗，是要大家滑倒才甘願嗎？」船上的大副——華克，總因為一點小事就氣紅了臉。

朔迦解釋道：「報告大副，我們不曉得……」

「好，現在你們曉得了，清潔工作等晚班交接好再做，給我滾！」華克大吼，舉腳就踹翻朔迦的水桶。

斐鱗扶著一身濕的朔迦起身，兩人摸摸鼻子走回下艙。奇異號是艘讓人感覺快樂、充滿希望的新船，但裡頭主事的人都是些不好相處的中年大叔，自然也影響了小夥子們嶄新的鬥志。

一天過去，兩天過去，藍艦的影子一點也看不到了。大家開始習慣四周都是汪洋的不安感，斐鱗與朔迦適應力良好，工作效率也開始上了軌道。什麼時間該出現在哪裡，做些什麼，也不太需要華克氣急敗壞的提醒了。

風大船震的時候，朔迦經常嘔吐，斐鱗卻偶爾才感覺頭昏。所幸豪爾船長給予年輕水手們充足的睡眠，每天十二點就寢，七點起床，若是表現好，還能睡半小時午覺。漸漸地，大家的身體也開始習慣船上應有的震盪與顛簸。

「聽好，小子們，蜜月期已經結束了，你們的第一週，我只求你們健康有活力，做好該做的！但下週開始，每人都要開始值夜班、學習站哨和基礎救難操演，也要學習機械修復！偷懶的人，我就把你交給世界海巡隊，等半年之後才能遣返回家，期間不再支薪。」

今天早晨，豪爾船長也露出了一點「扮黑臉」的霸氣。對於守規矩的斐鱗是沒什麼差別，但其他三不五時就想偷懶的年輕船員們，開始抱怨了。

「唉呀！本來以爲每天都能冒險，結果只是盯著海，眼睛都痛了，陸地到底在哪裡呀？」

「笨蛋，大水劫過後，世界上九成都是水，就是因爲陸地比以前哥倫布時期難找，才需要我們啊！」朔迦驕傲地對斐鱗說。

斐鱗微笑地點點頭。「是啊！但我們現在還不能獨當一面，豪爾船長說的也是，如果能在船上學點其他技能也很好。不管是船隻修復、機械保養，還是其他演練，我都有興趣！要是去藍艦上學，可又要交學費，多花好幾筆錢了。」

「哈哈！斐鱗，你真的很會精打細算耶！」朔迦哈哈笑著。

「抱歉，開口閉口就是這些，你一定會覺得我很無聊。」斐鱗苦笑。

「不，你比這艘船還要有趣太多了。」

說真的，每天規律的作息，換來換去都是那些的餐廳菜色，加上景色永遠是一望無際的大海，讓人不感沉悶也難。

斐鱗唯一最期待的時光，就是每天豪爾船長的早餐會報了。會報時，幾乎全船一百多個船員都會到齊，有些在各自崗位用遠距視訊開會，讓自己的大頭影像顯示在會議視訊中，但大部分人則親自出席。

在每天的會報中，船長會解說今天的航行進度，是否有異狀。

「看到航海圖上奇異號又前進了那麼一丁點，總是讓人倍感窩心。」會議時，朔迦回過頭，低聲對斐鱗說。

斐鱗笑了笑，他當然也希望自己能經歷一些轟轟烈烈的大事，而不是每天刷洗廁所和浴室。

「但是，如果偷偷期待這艘船發生什麼大事，似乎也不對。」斐鱗對朔迦低聲說：「畢竟，要是出了什麼事，幾乎都是壞事居多。」

此時，豪爾船長深呼吸，用刻意冷靜的口吻說道：「今天，有個比較特別的狀況。」

全體船員都豎起耳朵。

「我們的探測系統在十幾海浬外一度發現有不明船隻接近，試圖呼叫對方確認身份，但對方沒有回應，持續保持一下靠近、一下疏遠的迂迴方式航行。」

「啊！幽靈船……」角落裡，某位資深船員一臉不屑地說。

「都已經二十二世紀，還有人提起幽靈船啊！」也有人頂嘴。年輕船員們聽了這一來一往的對話，更是一陣騷動。

「幽靈船是指聲納與雷達都難以追蹤，且無人回應的詭異船隻。」斐鱗即時對一臉疑惑的朔迦解釋。「其實打從人類有航海記憶以來，幽靈船的傳說就一直都存在。有時是軍艦，有時是無法辨識的漁船，各種可能都有。也因爲看得到，卻接觸不到，這種不安的感覺才會透過謠言，不定時散播在航行的船隻中。」

聽到斐鱗冷靜又理性的說明，朔迦反而不那麼感興趣了。

他反問。「所以，你不相信囉？」

「不，我選擇隨機應變。就算是幽靈船，只要雙方互不干涉，不也沒有差別！」斐鱗爽朗一笑。

朔迦想想也對，斐鱗那雙藍如海水的眼睛，總是散發出智慧且沉穩的光芒，也不跟其他船員一般見識了。

「大家也別像八卦娘們般，見到黑影就開槍。」豪爾船長清了清喉嚨，以略微修過的鬍子咧出淺笑。「我方會持續與該船溝通，確保對方沒有敵意。大家也請安心航行，信任我們的技術評估團隊。最後，新人船員們今天開始拆組工作，你們要多學一點東西，別把這裡當成高中，三三兩兩鬼混在一起。」

豪爾船長的餘光似乎也掃到了朔迦和斐鱗，大概是嫌他們私底下常膩在一起吧！

而這天，朔迦與斐鱗的工作也真的被拆散了。朔迦被派去廚房協助廚師料理，斐鱗則是到昏暗又充滿黑油的機械室去學習養護船隻。

兩人還分屬不同的時段，斐鱗值大夜班，朔迦早班，一整天下來兩人幾乎見不到面。

斐鱗覺得少了朔迦在一旁碎碎唸，變得很無聊。但與斐鱗同組的監督員老查，是個務實而寡言的好人，跟在他身邊學習機械，自然也沒有什麼不愉快。

只是，斐鱗感到奇怪的是，他從未看過老查上甲板曬太陽。按作息來說，老查屬於大夜班，白天都在睡覺休息，但當夜色降臨時，老查也往往等到太陽完全下山，才現身吃飯。而老查與斐鱗的工作地點，處在船艙底層的機械室，自然也是暗無天日。斐鱗才工作幾天，就對於這樣的安排感到吃不消。

「人跟植物一樣，都要照照太陽吧！老查，恕我直言，你竟然受得了這種生活！」

「排大夜班，少跟人來往，是我上船唯一的要求。」老查只是平靜地說著，繼續用枯瘦的身體趴在地板夾層，進行線路的檢查。

對於斐鱗而言，老查真的像是夜行性爬蟲類般，晝伏夜出，神祕極了。

「快天亮了，我這裡沒有事了。」這天快收班時，老查忽然難得地對斐鱗說：「你去甲板感受一下今天的第一道陽光吧！」

斐鱗為老查的貼心感到高興，但他看老查一個人仍忙得不可開交，當然不願意走。

「你這裡還要收尾，我弄完再走。」

「不，你現在就可以走了。」老查猛然抬起頭直視著斐鱗，眼中竟然出現讓人不寒而慄的冷光。「我說，現在就給我滾。」

「好……我馬上走。」斐鱗一頭霧水地拎起自己的工具箱，快步爬出維修艙的木梯。

外頭已經透進晨曦的藍光，以往看在斐鱗眼中是充滿睡意的朦朧美，今天感覺起來，卻分外有種清冷妖異的感覺。

今天黎明前的天空，黯藍中透著陰鬱的灰，就像斐鱗此刻莫名其妙的心情似的。他提著工具箱走回自己的寢室，上日班的朔迦理所當然呼呼大睡，從被窩中露出一隻腳。

躺上床兩分鐘，斐鱗卻睡意全消，許多疑問縈繞在他心頭。

「老查幹嘛忽然這麼兇地趕我出來……」

斐鱗做了一個連自己都驚訝不已的決定。

他要折返修護艙。

躡手躡腳地，斐鱗緊抓著每口呼吸的深淺，回到修護艙那道厚重的艙門前。裡頭聽起來一點聲音都沒有，看來老查已經離開下班了。

「不對，應該要來交班的人員，會有外套掛在玄關，今天怎麼沒有？」斐鱗冷靜地觀察，決定蜷縮在一旁，聽著底艙的動靜。因爲艙門是下拉式的，一開啓就會發出巨大的噪音，斐鱗也只能暫時躲在玄關沙發下方。

高科技機械寧靜地運轉著，一點異狀都沒有。不過，斐鱗隱約聽見下艙傳來有人說話的聲音……

「是老查嗎？」

回過神時，老查的身影在他身後的沙發出現了！

「糟了……」斐鱗一動也不敢動，等老查拿了外套在牆面觸控板上打完卡，才緩緩從玄關出來。

「那下艙的人是誰？」斐鱗在觸控板上看了一下打卡紀錄，顯然早班的人已經來交接了。

「我太疑神疑鬼了吧！表面上對朔迦說幽靈船的傳聞不可信，自己倒是神經質了起來……」

七、船難

斐鱗搖了搖頭，再度輕手輕腳地捏著鞋子回到甲板上。若假裝在這裡看日出，被老查撞見也沒關係了。他做出一副悠閒的模樣，在船側圍欄旁伸著懶腰。

這時，斐鱗才明白，爲什麼今天的天色如此詭異。

「原來，起大霧了……」放眼望去，海上看不見一點藍色海景，反而充滿了灰白色的濃厚霧氣。在霧氣中折射的天光，自然散發出與往常不同的色澤。

忽然間，斐鱗眼前不到五十公尺處，一張巨大的白帆出現在霧氣中。

「咦！」

突然有不明船影現身，奇異號的警報卻一聲都沒吭。

「小傑！麥斯！」斐鱗喊著船頭站哨的兩名少年。「有船！」

沒有人回答他。

撲面而來的，是一片死寂……

斐鱗開始感到不對勁，他再度回頭望向船側的白帆。

「不見了？奇怪！」斐鱗衝向圍欄。「剛剛明明有的啊！以方才那麼靠近的船影，早就和我們相撞了！」

這並不是斐鱗期待船隻擦撞，而是他方才真真切切地見到了那張白帆……

「怎麼了？」身後傳來朔迦的聲音。他睡眼惺忪，一頭金髮也亂翹著。「我看你一直沒上床，爲什麼剛剛回房又跑掉？身體不舒服？」

斐鱗看到朔迦，激動又期待地把方才的狀況全盤托出。

朔迦相信了斐鱗，兩位男孩甚至跑到船長室外頭的陽台，在制高點上賣力往外看。什麼影子都沒有，四周依舊是一團團的白霧。

「是說，如果真有船靠我們很近，就算大霧看不清……那警報早就響了。」斐鱗冷靜下來後，仔細推敲道。

「而且你說……你看到白帆，這年頭哪艘遠航船會用白帆！」朔迦一說完，斐麟渾身起了雞皮疙瘩。

「對喔！我看到的……大概不是這個世紀該出現的船隻。」

「我也覺得。」朔迦打了個噴嚏。

「算了。」看到朔迦，斐麟一下子也安心了，鬆懈下來之後，濃厚的睡意也衝上腦門。

「反正大家此刻都平安，我還是先去好好睡一覺吧！」

「嗯！走吧！我也要回去睡回籠覺了……」朔迦拍了拍他的肩。

兩位男孩相偕下樓。

而他們在陽台的對話，船長室中披著黑大衣的豪爾船長，全聽見了。

他陰著臉，手指在起霧的窗上畫了畫，目送兩位男孩的背影。

※※

一陣劇烈的頭痛將斐麟給喚醒。抬頭時，全船警鈴聲大作，他急忙掩住耳朵，慌慌張張地下床。

狹小的艙室牆面上嵌有電子小螢幕，上頭用紅色訊息顯示「目睹船難！閒置人員立刻至甲板集合！」

「在這種鳥不生蛋的大海上航行，怎麼會忽然發現船難……難道跟我看到的那個不祥的白帆有關？」斐鱗慌忙地穿上制服長褲，看著艙內螢幕上的時間，現在是下午三點多，他已經昏睡了八小時，也是該起床了。

「我來幫忙！」一出走廊，就看到一群人扛著救生艇吃力地推上甲板，斐鱗立刻加入。

一上甲板，周遭一片混亂，大家都拿著救難用品奔跑。豪爾船長則在一頭指揮著救生艇放下，奇異號也立刻原地下錨。

一艘著火的大船在遠方的海流中傾斜下沉。

對方的船齡顯然很老，像是普通的移民郵輪。火光與黑煙燻黑了大半個蔚藍視野，讓斐鱗震驚的是，將近上百個螻蟻般的黑點，正慌忙地往上揚的船尾爬行。也有一些黑點無助地漂浮在海面。

而這些黑點，都是一個個有血有淚的生命。

「天啊！我們得趕快救救他們！」斐鱗對一旁悠然現身的前輩老查說。

「不用擔心，我們船上無法容納那麼多人，但會在黃金時間儘快搶救的。」老查彷彿看過不少船難，已不像斐鱗那樣情緒激動。

「各位別慌，做好手邊的事情，才能發揮最大的效率！」豪爾船長沉穩的聲音，從擴音器中傳出：「我已通知附近的軍艦了，會前來救援！只是不知道多久以後才能趕到，我們就盡力而爲吧！前三艘救難小隊，已經前進了。」

斐鱗看到海面上的確有三艘快艇正朝船難地點前進，其中一個金髮後腦杓很眼熟，原來是朔迦。

「希望他一切小心！」斐鱗替朔迦感到興奮又緊張，自己則飛快地到船尾找大副華克報到，詢問自己能否登上搜救艇。

「你水性好，上船沒問題！」華克看到斐鱗，只叮嚀了一句：「救生背心呢？」

斐鱗急忙套上背心，也跳入搜救艇。

離事發地點越來越近，海面上那些漂浮的無助臉孔也顯得更加清晰。艇上的水手們紛紛拋出救援用的橘色浮球繩，等著受難者抓住。

但斐鱗這才發現，多數受難者已經死了。

浮球纏在那些毫無反應的屍體上，反而阻礙了搜救的進度。

當水手不得不把浮球從一個抱著嬰孩的女屍手邊扯開時，斐鱗感到一陣天旋地轉。

生命是這麼渺小而無助，自己卻什麼也不能做……

他跳下水，親手把浮球從屍體身上解下。

「看看斐鱗，這才叫主動！」華克指著斐鱗。「哪有水手怕弄濕身體的道理？」

斐鱗既然下水了，便一手抓住艇上的搜救繩，一手划水擺動，近距離檢查屍體的鼻息。

「啊！這個應該還有救……脈搏很微弱！」他一說完，艇上的水手立刻彎下身幫忙，救起一位尚有鼻息與脈搏的大叔。

水手們忙著急救，無奈這位大叔大概呈現腦死狀態，仍是回天乏術。

「屍體怎麼辦?」有人問。

大副華克搖了搖頭。「這艘船是要救活口的,位置已經有限了,屍體就拋回去吧!」

斐鱗吞下眼淚照做,將大叔的屍體輕輕推回海中。他的黑色瀏海不斷滴下海水,紅了眼眶。

「哦!前面的搜救艇有救到活口了!」華克看到朔迦他們的小艇有了收穫,嚴肅的臉色也掛起一絲雀躍。

就在此時,原本他們全速前進的目標——傾斜下沉中的移民船,忽然急速往後傾,不少活生生的人都被船尾的怪力拋了出來。

「轟!」一陣火光迸射,海平面瞬間爆出濃煙。

「爆炸!找掩護!」斐鱗被資深的水手護著頭壓住,緊接著,一連串血點如雨水般噴濺在他們身上。

「不要看!」水手喬特低聲說。「這種時候抬頭,不是船上的螺絲釘、木屑,就是人體被炸飛的血肉……」

斐麟感到一陣噁心。先前有起火徵兆的船，忽然爆炸並不意外，只是，這畢竟是斐麟第一次面對如此多需要幫助的人。他們在生命的最盡頭是如此擔心受怕，而他卻什麼也不能做。

「搜救艇，不要再前進了，前方金屬殘塊過多，隨時可能刮傷艇身，請立刻折返。能救一個是一個，但不要勉強。」華克拿起擴音機發號施令。

斐麟眺起眼眺望夕陽下的海面。巨大的船隻已經消失，只剩人體、木塊、船上的雜物仍四處漂浮著。

原本剩餘的活口已經不多，爆炸過後，能存活下來的更少。

這一波總共只救上五個人。

斐麟幫忙抬傷者上船時，瞥到朔迦拖著血跡斑斑的腳走上甲板。「朔迦，你的腳……」

「被忽然濺落的木板打到，上面剛好有鐵釘，就刮傷了。沒事啦！只是皮肉傷！」

朔迦陽光一笑。「我這就去找船醫。」

「一定要打破傷風針喔！」斐鱗在忙，只能先叮嚀一句，繼續佈置擔架。

船上僅有的三個船醫，忙得不可開交，甲板上也排滿了十幾個傷者，有些搶救不及，已經過世了。

等粉橘夕陽籠罩整片海洋時，斐鱗才驚覺，原來已經是傍晚了。

朔迦帶著傷回廚房去幫忙料理晚餐，斐鱗也趁幫傷者換水的空檔，抽空去看了他一下。

「你沒事吧？」反倒是朔迦先發問。

「沒事啊！」斐鱗擠出一絲苦笑。「嚇死了，但是沒事。那你的腳呢？」

「真的只是皮肉傷啦！你看，也沒有腫。」朔迦一手攪拌著大鍋中的湯，一手掀起褲管讓斐鱗「驗傷」。

「哎！看起來就很痛。」

「少來了！」朔迦望著斐鱗的湛藍眼睛，裡頭似乎有些心事，但他想既然斐鱗沒說，就乾脆不問了。

「欸！我們已經盡力了。」朔迦拍了拍斐鱗。「別想太多了。」

「謝謝你。」斐鱗其實擔心的不是朔迦的腿，也不是在為船難哀悼。他只是不解，為什麼會有移民船起火爆炸？

在他一無所知的國境之外，到底有著什麼？斐鱗深深的好奇，讓自己感到更無力。

而當斐鱗一回到甲板，就被眼前的景象驚呆了。

比奇異號足足大上兩倍的軍艦，如一座漆黑的山岳般停駐在眼前。

無論斐鱗怎麼抬頭，都望不到頂，連軍艦上桅杆最頂端的小旗幟也看不見。他在訓練營的時候讀過資料，能辨出這是聯邦政府的海軍軍艦，大概是為了調查移民船事故而來的。

當斐鱗把自己的推測解說給一旁的喬特聽時，他也點頭贊同。

「應該是為了移民船來的沒錯，比起我們，軍方有許多搜救和救護設備，我真希望他們能把甲板上的那些受難者都帶走。」喬特並不是覺得照顧受難者很麻煩，而是希望他們能儘快接受軍方的照顧與保護。可是，軍艦在奇異號旁停靠了老半天，就是不見半個人影走下來。

反倒是豪爾船長，一身白色長袖正裝配深黑西裝外套，急急忙忙地走上軍艦去了。

「好大的官威，豪爾船長已經累了一天，竟然還得被叫上去做報告。」喬特不屑地說。他比斐鱗年長兩歲，有過兩、三年的遠洋漁船經驗，褐髮綠眼，跟黑髮藍眼的斐鱗站在一起時，看起來就像一對兄弟。

「喬特，謝謝你今天救我。否則我大概也會被爆炸的碎片弄傷。」斐鱗說。

「不要這麼客氣，要是你也會做一樣的事。」喬特拍了拍斐鱗。

用過晚餐之後，軍方帶走了所有的受難者。豪爾船長說移民船原本的目的地是南亞的群島，但是中途卻爆炸了。軍方也無法確定原因，只知道移民船上曾有人目擊幽靈船之後，移民船曾與軍方通信，說他們打撈起一具少女的屍體。

豪爾船長的言論立刻引起軒然大波，朔迦也拼命在廚房打聽情報。

只有斐鱗一個人覺得不對勁。

「豪爾船長一向冷靜低調，今晚卻以軍方說法為藉口，散播出這種謠言，真的很奇怪。」斐鱗對朔迦說：「他不怕這樣一說，會讓大家無心工作嗎？」

「是啊！船難、幽靈船、少女屍體……光是這幾件事，前輩們又可以捏造出一堆鬼故事嚇人了。」朔迦聽到斐鱗有所疑慮，也改口幫腔道。

「是啊！先是臆測，接著又自稱是證據，這種奇怪的說法，聽起來像是鄰里間三姑六婆會做的事情……」斐鱗百思不解，蔚藍的眼睛也浮上幾抹陰霾。

豪爾船長為什麼一下了軍艦，就公開發表這種沒有科學根據的說法？雖然試圖引用軍方的說詞當藉口，終歸仍像穿鑿附會的怪談。

「不過，船上也只有我和朔迦知道早上那艘詭異的白帆……」斐鱗當然心裡也毛毛的，但要是跟其他人說，或許又會引起更大的騷亂。這時，斐鱗很慶幸自己說的對象是朔迦。他出身權貴世家，閱歷又豐富，也因此多了點膽識，不會因為一點風吹草動就失了方寸。

晚餐後，斐鱗先去底艙機械室報到。經過昨天老查的忽然發飆，斐鱗總覺得自己先要提防的人，是老查。

「哦！孩子，你來了啊！」老查今天倒是比往常熱情。「我有私藏的白酒巧克力，要吃嗎？」

「謝謝，沒關係。」斐鱗戴上工作手套。

「哦！我忘記你凌晨三點要値班到五點，不能喝酒。那今天就早點放你下班吧！」

「謝謝。」

今天進行的仍是普通的保養，但基於船難事件，老查也特別詳細地叮嚀斐鱗要注意幾處機械運轉情況。

斐鱗也想趁此機會學習一些知識，便與老查閒話家常。「老查，依你的經驗，怎麼樣的事故會導致起火和爆炸啊？」

「首先最危險的就是廚房鍋爐了，畢竟每天用火頻率最高的地方就是那裡。再來，機械操作不當或電線老舊也可能會導致走火。人爲縱火也有可能，原因很多啦！但最常見的，通常是外力撞擊，例如兩船相撞，或駛經礁石區卻沒有注意……」

老查不愧是老經驗，說出許多讓斐鱗想做筆記的常識。

「但今天這艘移民船，應該不像外力撞擊吧？」斐鱗認真地想道。

忽然間，老查換了個可怕的表情，瞪大眼睛湊了過來。「你不相信豪爾船長的講法嗎？」

「沒……沒有啊！」斐鱗有些急了。「只是，船長今天也沒有提到爆炸的原因，對吧？」

「那你是相信他囉？」老查完全不理會斐鱗試圖打迷糊仗的戰略，繼續逼問道，雙手也激動地抓住斐鱗的袖子。

「我……沒有相信，也沒有不相信。反正我只是小船員，誰管我怎麼想呢？」斐鱗擠出乾笑。

老查這才放開了他，一臉覺得無趣的模樣。不，仔細看看老查的側臉，他似乎是感到很失望，彷彿被拔走電池的老玩具般，沒了幹勁。

老查回到角落坐下，抽起菸斗。斐鱗很不喜歡這種味道，且在船上密閉空間抽煙是違反船長規定。但他只能睜一隻眼閉一隻眼，裝忙走回門邊。

「難道，老查自己也對豪爾船長頗有微詞，只是在詢問我的意見？」斐鱗越想越不懂了。

「老查，我去甲板站哨了喔！」時間也不早了，斐鱗聽到老查一聲模糊的回應後，便一溜煙地跑離充滿煙味的底艙。

「啊……還是甲板上的空氣清新多了！」斐鱗嗅著空氣，話才說到嘴邊，卻又聞到一陣焦味。

雖然船隻已經緩速離開傍晚船難的海域，但今天聞到的爆炸煙硝味，卻彷彿還附著在奇異號上似的，讓斐鱗感覺不太舒服。

「嗯……畢竟奇異號上的圍欄、甲板都是布料做的裝飾和防水布……經過濃煙的洗禮，會吸點味道大概也不奇怪吧！」斐鱗與夜班水手交接之後，揹著備而不用的佩槍，站到船長室後頭的陽台上。

一陣不規律的打水聲飄入耳內。

「奇怪……」斐鱗屏住呼吸，連忙戴起大鏡片的夜視鏡。

「應該什麼都沒有吧！」斐鱗實在不希望再出什麼亂子了，只好一面安撫自己，一面認真地搜查波濤起伏的海面。微弱的夜光碎在一段段的海濤上，讓視力很快就疲累了……

忽然間，一隻纖細的人類手臂映入夜視鏡畫面中！

「啊！」斐鱗連忙仔細瞧。

是人，是人沒錯。

方才他聽到的打水聲，原來是那隻手臂在暗夜中拍打浪花的聲音。

很快地，半張臉浮上海面，又往下沉。

不管對方是誰，時間都不多了！

八、神祕的少女

「叮叮叮叮！」斐鱗立刻敲響搜救鈴，其它的夜班水手立刻從甲板四方趕來，總共四人。

「船長！」離船長室最近的斐鱗也敲著門，徵求豪爾船長的同意。「海面上有一名落難者，請准許救援！」

斐鱗的心七上八下，深怕船長睡著了，那樣的話，可就得破門而入了……一想到對方溺水般的虛弱模樣，恐怕晚一分鐘都太遲了！

「准許救援。」豪爾船長的聲音清楚地傳了出來。

「船長下令救援！」斐鱗立刻對已經在準備搜救艇的水手們說道，縱身跳下甲板，翻過欄杆就躍進搜救艇。

「你確定剛剛真的看到人了？」其他艇上的水手也戴起夜視鏡。

「我很確定！」斐鱗只怕對方已經撐不住了，慌忙地呼喊道：「我們是來救你的！撐住啊！」

「哦！有了！我看到了！」總算有水手也看見斐鱗說的受難者，當受難者纖細的手臂出現在海面上時，激動的男孩們也紛紛歡呼。

仔細一看，受難者是個女性。她濕漉漉的頭髮披在臉上，顯得有些陰森。藍衣長裙的身體下，勉強漂浮著一塊載浮載沉的木板。

斐鱗連忙跳下水，伸手拉住木板邊緣。

女孩虛弱地轉過半邊臉，手臂疲軟地垂下，彷彿已經失去了求生意志。斐鱗連忙開口喊她。

「嘿！醒醒！我是斐鱗，我們是藍艦來的聯邦政府探險船，妳會沒事的！」

紊亂髮絲的下方，女孩露出一雙明亮如星星的蜜糖金色雙眸。

她朝斐鱗點了點頭。

撐起眼皮，斐鱗轉頭與艇上的水手相視而笑。「她還活著！我們快把她帶回船上！」

水手們團結一致，三兩下就將斐鱗與女孩都拉上小艇。

「妳還好嗎？有哪裡受傷嗎？」男孩們七嘴八舌地問，而船醫與穿著睡袍的船長，也早已在甲板上待命。

「各位，我們會全權交給道格醫生處理，並將她放置在病房保護，外頭加派守衛，請各位不要擅自接近和打擾受難者。若有新狀況，我們會在明日的早餐會報跟各位說明。」豪爾船長有條不紊的威嚴嗓音，立刻讓毛躁好奇的水手們都安靜下來。

被驚動的船員紛紛回房休息，斐鱗也回到夜班的崗位上，度過了這一夜。今晚的他經過這場騷動，感覺特別疲憊，也無暇多想女孩的事情。

凌晨回床時，朔迦已經離開床位，顯然早已去廚房準備早飯了。自從班別錯開之後，兩人能好好講話的時間不多，斐鱗感到又累又無奈，倒頭便睡。

※※

一碧如洗的藍綠色海平面，光線打在浪濤上，讓整片大海看起來像是閃亮柔軟的碎琉璃。

斐麟坐在船舷處瞇著眼睛。每當下午時分，他總是喜歡吹著海風，享用睡醒後的第一餐。他望著遠方的海平線，蔚藍晴朗，夕陽的橘色天光，要晚間七點之後才會出現。

這意謂著，夏季很快就要到來。雖然奇異號航行至今，一直沒有看見陸地，連遠方的一個黑點都沒有，倒是偶爾會與巡航軍艦擦身而過。

好久沒有靜下心來了。

無聊的海上生活，與他原先預想的有很大差別。但一想到每撐過一個月，銀行就會把薪資轉帳給海榛祖母與小莘，斐麟便感到十分安心。

在長年的打工生活中，斐麟學到人生不會事事如意，因此，必須設立停損點。任何事情總有自己無法忍受的極限，但在那之前，他得一律往好處看。

「雖然我在船上做的也一樣是些雜務，但至少也學到修繕船隻等以前沒學過的技術；即使離鄉背井，但至少比以前養得起家人，薪資和保險金也是陸上的好幾倍。看過那麼恐怖的船難之後，能悠閒地靜靜地度過每一天，至少也是一種安穩的幸福，並不一定要每天過得波瀾萬丈才行。」

「你一個句子裡面，到底要用多少個『至少』啊？」朔迦從後方走來，偷笑道。

斐鱗也哈哈大笑。「這是我的口頭禪，聽起來很傻吧？哈哈！」

「不，我很羨慕斐鱗啊！不管怎麼樣總是很堅定沉穩，又很樂觀。其實我都快受不了這種日復一日的規律生活了，多希望昨晚救起那女孩的是我，哈哈！」朔迦吐了吐舌頭。

「唉！不管誰救都一樣，重要的是她平安就好……在經歷船難和爆炸之後，我真的是不想再看到屍體了。」斐鱗心有餘悸，在他這樣本該享受青春年華的年紀，不該與死亡這麼接近。即使再早熟的少年，都難以平復心情。

「天啊！你沒聽說嗎？」比斐鱗大個幾歲的男孩喬特正巧從他們附近經過，驚訝地反問：「那女孩……好像跳海逃走了！我剛剛才聽船長和船醫在討論。聽說原本身體狀況就不嚴重，只是脫水。但她睡了一覺、打了點滴、飽餐一頓後就消失在前船舷了！」

喬特正經的臉龐，讓斐鱗與朔迦心頭一緊。他絕對不是在開玩笑。

「那……怎麼會這樣？」

「誰知道？船長和道格醫生都非常錯愕。」喬特搖搖頭。「大概是個精神錯亂的女孩吧！早上開放探望之後，幾乎全船的水手都偷偷擠在看護室外頭偷窺，船長還很高興說她給船上帶來了生氣……」

「是啊！」朔迦猛搖頭。「今早船長會報之後，我也去看了那位女孩，當時她已能坐起身了，靜靜在病床上用餐，怎麼會忽然跳海？」

斐鱗從頭到尾沒有問半句話，他想知道的，朔迦和喬特都已經說了。他只覺得擔憂，那女孩現在到底情況如何？她爲什麼要拒絕幫助而跳船呢？

斐鱗有種被背叛的感覺。

畢竟昨晚四目相交時，女孩知道自己獲救的表情是那麼安心，原本怯弱的金色雙眸也燃起一絲放鬆。

「她看起來，絕不像是會跳海自殺的人啊！」斐鱗心中閃過一絲陰霾。「難道，有人意圖謀害她嗎？」

「斐鱗！臭小子，飯是吃完了沒？立刻給我下來，上工了！」甲板口傳出老查憤怒的咆哮，立刻將斐鱗吼回現實。

斐鱗望著手錶，現在時間還早，老查也從未如此吼過他。

「到底這艘船上的人是怎麼了？」他莫名其妙，慌忙移動腳步走下船艙。

船尾處，喬特與朔迦仍在激動地交談著。

「不知道他們在說些什麼……」斐鱗摸了摸鼻子，隨老查走進機械室，換上防油污的制服。

一與老查對上眼時，斐鱗顯得有些謹慎，怕老查又開始像先前那樣暴躁變臉。

但出乎意料地，老查的神色看起來很溫和平靜，誰能相信他剛剛才在大庭廣眾下吼過人呢？

「孩子，你去那邊，做軟體檢測。」他和顏悅色地指著工程電腦，斐鱗也乖乖照做。他才鍵入幾個指令，老查又主動走了過來。

「怎……怎麼了嗎？」

「那個女孩的下落，你知道吧？」老查的眼中流露出笑意，彷彿很高興的模樣。

「不……我什麼也不知道啊！我救她上岸之後就繼續値班，緊接著就寢，一直到剛剛，才再度聽到她的消息。」斐鱗一頭霧水，因爲老查此刻的表情充滿失望。

「你瞞不過我的喔！其實我剛剛故意吼你，就是避免你被那些孩子問出破綻，先把你支開。」老查一副自認爲很體貼的模樣，似乎仍沒放棄從斐鱗口中問出什麼特定的消息。

「不，老查，我沒有什麼可以隱藏的。我不知道的事，就一律用不知道來回應。」

斐鱗有些惱怒了，正色望向老查。

他海藍色的眼睛，充滿真率的氣勢。

老查也開始動搖了，他緩緩地背過身去。「好吧……那就當我多事了。」

斐鱗本來還想追問老查，到底想從他這裡聽到什麼答案？但仔細一想，或許此刻保持安靜才是最聰明的做法。老查給斐鱗的感覺就像顆不定時炸彈，喜怒無常。他先前甚至質問過斐鱗，相不相信船長。

斐鱗認爲，在老查的心中他大概是個不合群、背地裡搞小把戲的孩子。想到自己被這樣認定，斐鱗難免憤怒。

「不過，倘若老查在這麼多事情上都懷疑我，那爲什麼不直接跟船長舉報呢？難道……」斐鱗震驚地回頭瞧向老查。「難道，老查自己，也不相信豪爾船長？」

種種的疑問都未能說出口，斐鱗不願意再增生事端。便安靜禮貌地以往常的態度值班，也隨老查去底艙，將每個機房都走了一趟，進行日常的保養。

漫長的工時，終於結束。

凌晨四點，斐鱗打著呵欠走回寢室。離開陰陽怪氣的老查之後，他忽然有種放鬆的自由感，腳步也輕快了起來。

「還好今晚不用站哨，可以好好睡一覺了。」懷著愉悅的心情，他踏入點著小燈的寢室。

打開門的剎那，上鋪的床位忽然有個影子動了一下。

斐鱗知道事情不對，但他保持鎮定，不想出聲打草驚蛇。

他與朔迦的兩人房中，書桌、衣櫃、上下鋪的床位等家具都被鍊子鍊在地板上，以防船隻航行時有所移動。窗簾早已由朔迦拉上，桌上散放著斐鱗愛看的傳記與冒險文學。

而這一向簡單的室內風景，今晚卻顯得不再單純。

朔迦睡在下鋪，露出半個背部。他一向機警，若是有怪事發生，朔迦不可能會如此熟睡……

難道，朔迦已經被……

「朔迦！」斐鱗連門都忘了關，就衝向朔迦的床鋪。

「怎麼了！嚇死我！」睡眼惺忪的朔迦看到斐鱗那殺氣騰騰的臉，當然不可能不生氣。

「噓！」斐鱗急忙伸手關門。朔迦這才明白，原來斐鱗方才是以爲自己出了什麼事，才這麼激動地衝過來搖他。

看到斐鱗沉默地示意自己起身，朔迦終於意識到房中有不對勁。他連忙拎起床下厚重的黃靴，打算掩護斐鱗接下來的行動。

斐鱗不敢貿然爬至上鋪，敵方已經掌握了制高點，他很容易受傷。此時，朔迦毫不猶豫地打開燈。

瞬間亮起的燈光頓時讓男孩們眼前一閃。當斐鱗拿起防火斧抵住下鋪樓梯時，上鋪的人影也終於被光線給暴露出來。

那是一個長髮的女孩。她用被子蓋住了全身，雙眸痛苦緊閉，顯然是不習慣忽然亮起的燈光。

「是……是妳。」

斐鱗與朔迦縱使震驚，卻不天真地馬上放下武器。當然，他們也沒有主動攻擊的意思，只是等著女孩的眼睛從燈光中適應。

她有一頭烏黑及腰的微捲黑髮，髮絲柔亮，卻因爲過長而披散在背部，讓女孩顯得形體佝僂。她幾乎像野獸般手腳著地，望著斐鱗與朔迦的眼神卻像受驚的小貓。

「妳別怕……我們不會傷害妳。」斐鱗率先開口。「但妳到這裡來做什麼呢？」

女孩不說話，只是蜷縮著身子，一頭長髮隨著她的動作閃動出星辰般的柔光，卻也遮住女孩的大半張臉。

她身上穿著昨晚斐鱗救起她時的那件藍綠色長洋裝。背上披蓋著的，除了棉被之外，還有斐鱗十分眼熟的長巾。

那是海榛祖母送給他的餞別禮。女孩似乎很中意它，而長巾上的海藍與爍金色彩，也很襯女孩的眼眸和外衣。

女孩有一截白色腳踝露出裙外，上頭有個很深的橫向長疤，環住了整圈腳踝。看來，她曾經長年戴著腳鐐。越是端詳她，斐鱗和朔迦就越覺得自己對她十分同情。

「妳放心，如果妳想暫時待在這裡，我們是不會驚動任何人的。」斐鱗低聲說，朔迦也點點頭。

兩人放下武器，關掉大燈。

在昏黃的小夜燈照映下，女孩的表情似乎也變得柔和許多。她雖然仍蜷縮在斐鱗的床位上，但長髮下的半張美麗臉孔，比方才平靜了幾分，金色瞳孔也不再如驚恐的貓一般，拼命放大。

朔迦與斐鱗坐在書桌上，邊望著女孩邊講話。

「妳是從什麼時候進來的？」斐鱗問。

女孩搖搖頭，依舊不吭聲，斐鱗轉頭瞧向朔迦。

「所以，你都沒有發現她進來喔？」

「不知道，誰沒事會去檢查你的上鋪呀？」朔迦憨厚地辯駁道：「我吃過晚餐就回房，中途去共用浴室洗了個澡，讀了本書就直接上床啦！」

「大概是趁你沒關好門時溜進來的。聽傳言說她跳船走了，其實搞不好只是窩藏在船上，在巡視員發現前又溜進來。」斐鱗認真地分析道。

「那不是傳言，是船醫道格和船長兩人共同發布的消息……他們大概真的看到女孩跳海了吧？」朔迦一頭霧水。「不過，還好斐鱗你剛剛沒有大叫，不然整艘船現在一定又開始騷動了。」

「我大叫？我才怕你大叫呢！」斐鱗用手肘淘氣地頂了頂朔迦。

此時，看見他們玩笑互動的女孩，露出了微笑。

她雪白如貝的美麗牙齒，讓斐鱗與朔迦都暫時分了心。

「那……妳吃過飯了嗎？該不會今天一整天都沒吃東西吧？」斐鱗問。

「這裡有斐鱗的宵夜，可以拿去吃啊！」朔迦毫不猶豫地將自己預留給斐鱗的麵包遞向上鋪，斐鱗瞪了他一眼。

看見兩人的舉動，女孩發出一陣銀鈴般的清甜笑聲。

「真的啦！我也沒很餓，妳就拿去吃吧！」斐鱗有些笨拙地說：「不然我也只好丟到垃圾桶了。」

「欸！這樣也太失禮了吧？這麵包是我偷偷留下來的，還加了珍貴的甜莓醬在上頭耶！」朔迦急忙打斷斐鱗。

女孩遮住嘴，笑得更開心了。她似乎終於意識到，自己面對的只是兩個普通而善良的少年。

她緩緩從斐鱗的長巾下伸出纖細的手臂，接過朔迦遞去的麵包。

望著女孩小口小口珍惜地吃著食物的模樣，斐鱗和朔迦也稍微安心了。對於此刻的他們而言，女孩並不像船上傳言那樣難以捉摸，反而只是像隻迷路的小貓般，極需幫助。

然而，他們終究是想得太天真了。

九、妃露的預言

老查病倒了，斐鱗因此獲得一天的假期。以往他每週會有一天半的假期，而這次老查請病假的時間，恰巧又跟斐鱗的休假日並排，使得他忽然間有了兩天半的連假。

沉穩的斐鱗並沒有因此得意忘形。他去給老查探病，一方面是當人屬下應盡的情誼，一方面也是確認老查是否真的病了。

而老查還真的病得不清，發燒期間不斷重複著夢話。

「走開，水很深！」醫護室病床上的老查一看到斐鱗，翻了翻白眼，像是不認得他了，又似乎是想提醒他什麼，斷斷續續地說：「別看它的眼睛！走開！不然你就完了！」

斐鱗皺起眉，擔心地轉頭問船醫。「他不要緊吧？」

「就單純是普通的感冒發燒罷了。」和藹的白髮船醫——道格微笑道。他一把年紀了仍在船上當醫生，沒留在都市艦上安享含飴弄孫的天倫之樂，據說是孤家寡人，決意把一生奉獻在海上。因此，斐鱗對於道格醫生也是頗為尊敬。既然醫生說老查沒事，那理所當然就是沒事了。

臨走前，斐鱗試著跟道格醫生閒聊，目的當然是想多問一點跳船女孩的情報。

「那女孩有跟您開口說話過嗎？」

「哦！看來船上的小伙子都對那女孩很有興趣啊！」道格醫生嘿嘿地笑了起來。斐鱗本來想解釋自己不是那個意思，但也只好將錯就錯。

「所以，不只我一個人來打聽她嗎？」

「從她跳船失蹤的一天半之內，你大概是第二十個來問我這問題的人了！最近走在船上時，也不少人攔住我問她的事，我還在想自己怎麼忽然變得這麼受歡迎了！」道格哈哈笑了起來。

「您怎麼確定她是跳船的呢？」

「我親眼看到她跳下去的，當時我還拉著點滴架在後頭追呢！錯不了的。當然，船長也立刻叫水手停船打撈，但什麼都沒有。這附近洋流很猛的，一個體弱的女子，找不到也是自然的。大概有精神方面的問題吧！可憐的女孩喔……」道格醫生邊說邊搖頭，好心治療對方，她卻以這種激烈的方式不告而別，斐鱗聽了也挺同情道格醫生的。

當然，斐鱗沒告訴道格，那女孩正在自己寢室呼呼大睡。

「所以，她沒有說什麼嗎？」

「什麼也沒說，有意識以來就沒說過半個字，也許過去有什麼精神創傷，語言功能暫時喪失了，這叫失語症。」道格醫生盡責地解釋道，看見斐鱗不急著走，還親切地給他沏了杯紅茶。

喝起來有前京市艦的味道，澀中帶甜，看來醫生跟自己同鄉。斐鱗喝了故鄉味的茶，就越來越想家了。而醫生話匣子打開了，也越說越多。

「不過……」道格醫生瞇著眼，呼出溫溫的熱氣。「我還是覺得，那種來路不明的女孩子自己走了也好。自古船上就流傳著不該讓女人上船的傳說，我個人是覺得撇開迷信不說，在一群充滿血氣方剛男孩的船上，讓一位來歷不明，連句話也不說的妙齡美女上船，自然也不太好。因此，雖然感到惋惜，我也鬆了口氣，或許豪爾船長也是這麼想的吧！」

一位可憐的受難女孩，卻被船上的長輩們視爲燙手山芋，斐鱗雖不是無法明白長輩們的立場，卻也替女孩感到悲哀。

「我今天到廚房用膳時，裡頭的小廚師們也在帶頭說著那女孩的事。人家說她身上有不祥的氣息，可能是那艘移民艦上的人，而我們在船難之後收留了她，這時間點也讓人不太舒服。」道格醫生越說越起勁，也似乎把女孩的種種傳聞說得煞有其事。

「可是，女孩如果是移民船上的人，怎麼會隔了大半天才被我們發現呢？」

「這就是奇怪的地方了。一般不可能會有人抓了片床板就能漂流這麼久吧？一定是那艘爆炸移民船上的人沒錯。」道格壓低聲音。「至於爲什麼只有她一個人活下來了，那更是可怕的地方啊……」

斐鱗聽著，也不禁起了雞皮疙瘩。他感到害怕的並不是女孩本身，而是學習醫術與理科知識的醫生，竟然會如此畏懼這位受難的女孩。

越待越不舒服，斐鱗找了個藉口離開醫務室，而醫生還因爲有人陪自己聊天而感到開心，頻頻朝斐鱗揮手。

「等老查好了一點，我再轉告他你有來探望。」

「好的，謝謝您。」斐鱗加速腳步，他休假的第一件事，就是回去看望那位女孩。

奇異號上的臥室艙區在白天時幾乎沒有人，但斐鱗也並沒有掉以輕心，他怕旁人闖入，甚至和朔迦說好了房門電子鎖的新密碼。

一開門時，女孩正坐在書桌前驚駭地回頭。她的頭髮濡濕，包著斐鱗的長巾，顯然剛剛才去公用浴室偷偷沐浴過。

「不要怕啦！是我。」

看到斐鱗的臉龐，女孩的神情隨即轉爲安心。

「妳有需要什麼嗎？有要吃的或喝的嗎？身體會不舒服嗎？」

女孩笑著搖搖頭，柔情的炫金雙眸露出欣慰之色。

「謝謝。」

這是斐鱗聽見女孩說的第一句話。她的嗓音溫柔得像撫過沙灘的夏夜海浪，沒有口音，聽起來才不像道格醫生所說的失語症或精神創傷。

「謝謝你們這麼幫我。」女孩說。

「不客氣。」斐鱗對她微笑。「還有什麼我們能做的嗎？如果妳想離開這艘船，我和朔迦可以偷偷去砍斷一艘救生艇的固定索，把它借給妳開走。」

「你……」女孩挑起眉梢，苦笑道：「不問我的名字嗎？不問我爲什麼在這嗎？」

「我是怕問了，妳也不方便講……」斐鱗揮了揮手，瞪大眼睛補充道：「但我沒有不希望妳說的意思喔！只是……也許妳也有自己的苦衷吧！如果妳有想隱瞞的事……那我問也沒用啊！」

「你真的是個好心的人……而且，很率直。」女孩感恩一笑。「如果我一直什麼都不說，反而是我爲難你們才是……」

她露齒一笑，開口道：「我叫妃露。」

「妃露……」斐鱗複述著她的名字，畢竟他很少跟女孩子相處，也特別不擅長記女孩子的名字。

「好，妃露，我想問妳，妳現在有什麼計畫嗎？還是有想離開的人？妳之所以躲在這裡，是怕被找到吧？」

接觸到斐鱗正直而清澈的眼神，妃露先是低下了頭，似乎無法直視他的眼睛，心中有了動搖。

她緩緩啓齒道：「我……我不信任這艘船上的人。」

「但是妳信任我和朔迦？」

「你們是善良的人。」妃露望進斐鱗的眼睛。「而且，你信任我。你救我的那一刻，我感覺得出來。」

斐鱗本想說些客套話反駁，卻不想帶給妃露更多不安，便點了點頭。如果窩藏一個來路不明的女孩算是信任，那就是了吧！

「不過，恕我直說，雖然我們很樂意收留妳，但妳也不可能永遠躲在我們寢室。其實出了房，船上各角落都有安全監視器，妳即使出去使用公共浴廁，也很容易被看見的。」斐鱗決定跟妃露攤牌，畢竟，他不希望妃露的行蹤被船長與船醫發現。既然她是害怕他們才逃走，自己也應該盡量配合妃露的需求。

妃露的金色雙眸中立刻顯現出爲難之情，似乎有什麼難以啓齒的事情已在心中埋藏許久。

最後，她伸出雙手，主動握在斐鱗手上。

「也許你不會相信，但我看得到一些事情，這艘船很危險，所以我知道我也不該久待……只是，我沒有適當的裝備與補給可以貿然再回到大海。當晚，我跳水逃走，其實是抓住了船的窗簷，從窗戶爬進倉庫，在誤闖幾間寢室之後，我想起你是救我的人，也許我躲進你房間，你會願意再救我一次。」

「我的確願意。」斐鱗點點頭，急促地反問：「但妳說這艘船很危險，是什麼意思？」

忽然間，轟然巨響從天降。

一連串高亢急速的機械音，竄入他腦門。這聲音似曾相識。斐鱗演習時聽過，但當時，他以爲自己一輩子都不需要聽見這種聲音。

是船上的警報！

斐鱗意會過來時，地板猛然重重傾斜彈起，將他和妃露硬生生拋上牆。

「嗚——嗚——」船體深處發生了低沉而可怕的聲音，大概是奇異號龍骨反彈的聲音。

「沒事吧？」斐鱗連忙搖著懷中的妃露。

「甲板，我們得上甲板！」他抓住妃露的手，兩人再度跌在門板上。斐鱗這才發現船體仍在劇烈搖晃、傾斜，彷彿地震般的恐怖擺蕩，讓走廊上的水手們全摔成一團。

混亂之中，有人大叫：「是攻擊！我們被砲彈擊中了！」

※※

斐鱗牽著妃露衝上甲板時，不少人也注意到了妃露清秀的面孔，但更多人忙著前往甲板集結。爲了與死神搏鬥，值班用的佩槍早已被熱血的男孩們搶空，大家都急切地想親眼看看到底是誰正在攻擊奇異號。

但一上甲板時，斐鱗只覺得天空昏暗，陰霾滿布。

抬起頭時，他才明白爲什麼。

他們怎麼可能看得見晴朗的天色？因爲對方太過巨大了，高聳的黑色艦身，早已遮住大半視野。

奇異號的正前方，一艘來勢洶洶的武裝艦艇正全速駛來。

這艘艦艇很明顯地不是正規軍，也不出示任何旗幟或發出警示廣播。

他們是海盜，駕駛高級船艦的職業匪徒。

而前甲板的斐鱗等人，首當其衝。

「先找掩護！」喬特跑過斐鱗身邊，伸臂將他拉倒在地。斐鱗還不明白喬特爲何如此消極，低頭時，眼前的甲板已經從下往上裂開。

破碎的船殼下，各層寢室的書本與內衣都如垃圾般被旋風捲起，如風中的沙塵般渺小。還來不及逃出艙室的人們直接墜入海中，斷裂的巨大船骨發出嗚咽聲，硬是將他們掙扎的身體壓入深藍色的海潮。

奇異號，正在分裂成兩半。

妃露與喬特即使伸長了手，都無法搆住甲板另一端的斐鱗。

「小心！」喬特喊道。

眼角餘光中，斐鱗瞄到奇異號的側腹方向，衝出了好幾艘機動小艇。艇下翻攪出高速的雪白浪花，像天使的翅膀般讓他湧起希望。

但下一秒，斐鱗便明白了。

艇上坐著神色倉皇的船醫道格與豪爾船長。

而他們正在逃走。

載滿補給品與救難設備的數艘小艇瞬間從危急的奇異號脫出，頭也不回地筆直往大海的彼端衝去。

奇異號要沉了，而他們被放棄了。

「喂！那我們呢？」一個少年無力地大吼著。

斐鱗將救難背心往他身上一套。

「我們，得靠自己游泳了。」他冷冷地扶起少年，眼神也在這瞬間空了。

他到底是爲了什麼出海的？奇異號原本是艘探險船，爲什麼會忽然被海盜艦近距離擊成兩半？

眾多的疑問，比不上一陣即時的晃盪，斐鱗被搖擺的船隻給拋上船舷。他急忙扣好救生背心，手掌不曉得在何時壓到了空盤碎片，滿是鮮血。

看見碎壞的盤子，斐鱗想起總是在廚房工作的朔迦。

「船要沉了，快跳海！」他推著身旁的少年。

「那你呢？」

「我要去船的另一邊。」斐鱗指向五十公尺外，正在崩解的後甲板。

「怎麼可能！」少年認爲他瘋了。「你這個白痴！」

「我要去另一邊。」斐鱗抓住甲板上的固定索，堅定地望向海溝另一端的甲板。

「我的朋友在另一邊。」

十、流亡

奇異號正在分裂成兩半，而前半段的沉沒似乎加速了。斐鱗勉強抓住船舷處原本用來固定救難船隻的繩索，才得以維持住身體的平衡。他揪住繩子前滾翻，終於從原本的頭下腳上，恢復成雙腳踏地的姿勢。

大口喘著氣，斐鱗急速地以碎步沿著幾乎與海平面垂直的甲板往下走。每一步，都可能讓他直接墜入充滿殘骸的冰冷海潮中。

「朔迦……朔迦一定還在廚房。」斐鱗望著離自己越來越遠的船尾。大概是因爲尾巴較輕，沉船的速度減緩了，但水位已經淹上廚房與餐廳的大門，裡頭一定是一片汪洋，艙房充滿屍體與碎裂的碗盤、刀具……

「轟！轟！」船體持續以規律的頻率震盪，伴隨著震耳欲聾的低沉噪音。

斐鱗忽然意會過來。

從剛剛開始，耳畔除了慘叫聲之外，竟聽得到一陣隆隆的低沉砲聲。

「等等！不是我們一直被擊中，而是……我們也在反擊！」

斐鱗猛一回頭，耳邊擦過黑色殘影，直朝海盜船方向竄去。

「嗚嗚嗚嗚——」黑影擦過海風，發出尖銳的殘響。而奇異號前方的海盜船艦已在急忙轉向，船身上竟帶著一大一小的砲孔。

是誰？誰在開砲？即使奇異號早已船裂人亡，竟有人仍死守在機械室操縱砲彈發射，要和海盜同歸於盡！

「裡面有人嗎？」斐鱗躍上機械室門板，猛力敲打已經變形扭曲的金屬厚門。「快離開！船要沉了！」

裡頭立刻有了回應，對方也猛拍門板。

「我推，你拉！」對方說，聲音糊成一團，斐鱗聽不出是誰的。

「一、二、三！用力！啊——」斐鱗張開雙腿抵住門板，吼叫著使出全身的力氣……

門板鬆動了！

朔迦的頭探了出來，他滿臉鮮血，臉也和斐鱗一樣早被煙硝燻黑了。兩人卻笑得一樣燦爛。

「斐鱗！臭小子，我剛剛正想去寢室找你！」

「我也是想去廚房找你啊！笨蛋！」斐鱗激動地抓住朔迦的領口，硬是將他給拖了出來。

「抓住舷繩！」斐鱗正要替朔迦拉來舷繩穩住重心，朔迦立刻回過頭，說出了驚人的事實。

「等等，老查……老查還在裡面！」

「老查？」斐鱗連忙再度搬開艙門。

一張熟悉而虛弱的慘白人臉浮現在眼前。

「我本來想跟著大家逃，看到一個人影跑進機械指令室……我怎麼可能不幫他！」

朔迦邊解釋，邊和斐鱗拉住老查的左右兩條手臂。

「住手！不要管我了！」老查發出痛苦的咕噥。「可惡，我每天半夜趁著大家不注意時，偷偷加強了船上的砲彈系統。如今終於有用武之地，我也毫無遺憾，能安心跟著奇異號長眠在海床上了……」

「老查，不要說這種喪氣的話！」朔迦打斷他。而當斐鱗往下探進半個身子，這才發現老查的腿已經被一把斷裂的木椅給夾住了。視線忽然一陣模糊，海水已經開始倒灌進機械室了！

潮水如毒蛇般快速上竄，奇異號的前半段幾乎已經沒入水中。巨大的震盪，將兇猛的浪花濺上朔迦的腿。

「快，斐鱗，我們會滅頂的！」

水中的斐鱗使勁用腿倒掛在門板上，雙手抵住老查的雙腳。潮水捲起的木椅碎片瞬間插進斐鱗的手掌，但他仍繼續將椅子扳向反方向。

這瞬間，老查的腿鬆脫了。

「快！快！」朔迦大叫，兩人合力將老查的下半身抬了出來。

「好，現在我們要怎麼離開？」朔迦問。

老查叫道：「千萬不能跳海，船一沉，海面上的任何東西都會隨著沉船的漩渦被拉到海底的。」

甲板持續往下沉沒，水位離他們只剩不到五公尺。

「跟著我！」斐鱗清澈如鷹的目光，筆直掃向船隻破洞的另一端——甲板的另一半。

他抓住繩子，手掌甩出匕首。

揮臂便是一劃。

「抓住繩子！」斐鱗往下滑，一刀刀挑斷沿路船舷繩索的固定器，繩子如活蛇般倏地彈進朔迦、老查的懷中。

「他要幹麼？」老查慌張地趴在甲板上，雙腳亂蹬。

朔迦望著前方已抓住繩索，蹬腿前飛的斐鱗。

他正如一隻自由的小鷹，雙手攀繩，目光如炬。

隻身高高躍起，斐鱗盪向了尚未沉沒的甲板另一端。他纖細的身影如清風般，劃過深藍詭譎的沉船漩渦上空，毫不猶豫。

雙腿順利踏上奇異號的另一端時，斐鱗猛放繩結，急速攀上近乎垂直的甲板。

「我們也一樣，盪過去！」朔迦用力推了老查一把。

他閉氣，雙腿一蹬。眼中只注視著已回過頭來接應的斐鱗。

兩人一先一後地從沉沒的前甲板，盪向奇異號的另一邊。斐鱗單臂抓住甲板上的板子，伸手接住他們。

再度回頭時，奇異號的機械室已隨著破裂的甲板沒入海面。

朔迦心有餘悸地望向斐鱗，但他正專注地四處張望，很明顯地，斐鱗仍在找人。

滿是屍體與殘骸的混亂海面上，甲板上的水手們不是慌忙地抓住能漂浮的東西，就是無助地滑進奇異號的夾縫中，被強大的沉船漩渦緊緊揪住。

「斐鱗！」一個清亮的女聲從下方喚住他們。

喬特與妃露，在距離他們一百公尺下方的海濤上，緊緊扶住一塊船板。

「你們現在就得跳！上頭撐不久了！」喬特焦急地吼道。

斐鱗、朔迦、老查，三人相繼墜入海中。

在湛藍的海水淹沒視線時，斐鱗緊抓著連救生衣都來不及穿的老查。

視線忽明忽暗，斐鱗只聽見氣泡呼嘯而過。他勉強睜開眼睛，卻不知道是誰的血液竄進他的睫毛間，什麼都看不見。

「朔迦！」他一吸到空氣時，只看到老查的半顆頭，海濤洶湧地噴上他的臉。

緊接著，一雙溫暖的手抓住了他。

隨後，又是另一雙手。

喬特與妃露將斐鱗拖了上來，朔迦也喘息地游到他們身旁。

「我不能再上去了！」斐鱗吐出水，指著船板。「這樣板子會沉的！」

「沒差啦！板子那麼多！」朔迦樂天地笑道，隨手拉過一個木箱的碎片。

喬特身上揹著一個黑色的防水袋，他從裡頭拿出繩子。

「繩子給我。」斐鱗拉開繩子，潛下水。

他將老查、妃露、喬特與朔迦的漂浮板都串在一起。他就像隻水中暢行無阻的銀魚，穿梭在板子與木塊之間。

在此同時，妃露等人也不斷地以零碎木板代替槳，死命划水離開奇異號。海面上也充滿了倉皇逃出的水手們。大家都用驚魂未定的眼神頻頻張望，確定多數人都已經成功逃出。他們有些是與斐鱗值過夜班的同袍，更有他每天吃飯時會見到的同桌前輩……大家的表情都充滿了不解與驚慌。

爲什麼會忽然有海盜攻擊他們，而豪爾船長卻在第一時間不做反擊地離開？

這些答案，恐怕無人能解答。

再回首時，奇異號的後半段也全然消失，永遠地沉沒了。

當初那樣高傲出航，離開藍灣的嶄新白色身影，已經成爲海床上支離破碎的廢鐵。

有人開始瘋狂地使用釣竿、長棍打撈海面上的漂浮物，希望能撈到補給品或者乾糧。

畢竟接下來最可怕的生存挑戰，並不是海難，也非海盜，而是如何在這片荒蕪的鹹水之中活過另一個明天。

海流紊亂，越接近傍晚，浪花與風勢更顯得狂暴。斐鱗等人逐漸與身旁熟識的臉孔離散，大家各自往汪洋一角載浮載沉地漂流而去。少了動力大船，也只能勉強靠著木板與木箱浮在海面了。

老查半癱在船板，閉起眼睛，模樣看起來就像是死了。喬特與朔迦也不斷地嘔吐，呈現脫水狀況。

「我們還算幸運……至少現在入夜了。」妃露對疲累不堪的斐鱗說：「明天萬一出太陽，他們卻沒有淡水可以飲用……」

「不是他們，是我們。」斐鱗望向妃露。

她別開眼神的模樣，讓斐鱗吃了一驚。

星光下的妃露，臉上掛起難色。

「咦？難道……妳不喝淡水也沒關係嗎？」斐鱗睜大碧藍色的眼睛問。

妃露搖著頭。

「我……我跟你們有些不一樣。」她轉頭望著身旁。朔迦、老查與喬特都各自漂浮在床板上睡著了。

而妃露似乎還沒準備好，把接下來想說的話告訴斐鱗之外的人。

「我不是人類，我需要食物，但可以不靠淡水維生。」

斐鱗從沒想過，這世界上會有這樣的種族。

「非人」這件事，一直都存在瀅族信仰中。他尊重萬物，尊重動物，但斐鱗沒想過自己竟會遇到與自己完全不同的「人」。

他懂了。「妳……是人魚。」

妃露搖搖頭。她哀慟的神情，滿布在金如蜂蜜的眼眸中。

「我也不知道，但我是介於人與人魚之類的生物……也許，我什麼也不是。」

「別這麼說……」斐鱗急忙抓住妃露的手，正視著她的眼睛。

「一個我愛過的男孩，說我是人魚的混血。而他自己也是個混血，所以能瞭解我的心情……」

斐鱗並不瞭解妃露的心情，但他知道，自己也不該假裝瞭解。

「我這大半生大部分都在馬戲團中表演。每個月當我的生理期逐漸到來時，我的雙腳會逐漸被包覆在魚鱗之間，成爲你們人類所想像的人魚，我能在海中呼吸游泳。但一旦生理期結束，就彷彿派對魔法消失般，我的雙腿又會恢復成人類的模樣，我的肺也讓我無法長期在水中呼吸……所以，那晚我才會被你發現，意外地上了你們的船。」

斐鱗努力地想消化妃露所說的話。她楚楚可憐的模樣，充滿了奇幻的魔力。斐鱗彷彿能進入她的記憶中，品嚐到她話語中的每一分痛苦。

爲什麼會這樣呢？難道這也是祖母說過的共感效應？

斐鱗對自己的情緒變化感到惶恐。但是，他並不害怕眼前的人魚混血女孩。

「那……妳在寢室時對我說……奇異號會出現壞事，那是因爲妳也擁有傳說中的人魚預視能力嗎？」斐鱗急促地問道：「妳能看到尚未發生的事？」

「跟我的體能狀況有關，有時候我只是能夢到未來的片段……但有時候，我又跟常人一樣，什麼也感受不到……這次的船難，我是在自己被救起後，昏迷於病床上那段時間夢到的。雖然船醫很認真地想救治我，但他和船長卻認爲我會是帶來不幸的女人，我只得裝聾作啞，找機會逃走。本來只是想找艘小艇擅自離開，一時苦無機會，怕被發現只好躲進你的寢室……而你與朔迦人是這麼善良，我又怎麼能讓你們遭受我預視到的船難呢？一方面，我更怕你們不相信我，把我交給船長……」妃露的眼神驚慌了起來。「對……對不起，你一定很氣我沒早點說出海盜攻擊的事吧？」

斐鱗的確感到很寒心。

眼前噙著金色眼淚的少女，雖然令他心疼，但斐鱗更難過的是，奇異號枉死的人們。

但如果妃露能在獲救之後就高聲向眾人宣佈這件事，又有多少人會相信她，甚至保護她呢？

聽過在船上的那些謠言後，斐鱗並不認爲奇異號上的氛圍是站在妃露這邊的，更遑論她的預言了。探險船被海盜攻擊，軍方卻尚未出動保護，連船長都擅自潛逃……

「我絕對不會原諒那些人，等我有辦法接觸到聯邦政府的船之後……我一定要告發豪爾船長和華克大副那些混蛋！」斐鱗握起拳頭，想起此刻無緣逃出的船上弟兄們，屍首已經沉入海中，正被魚類啃食……斐鱗的心中彷彿有烈焰在燃蝕著。

斐鱗別開頭，望向晴朗星空下的海面。

「妃露，沒關係的，過去的事情說再多也於事無補了，但妳也很不簡單啊！明知道大難臨頭，到最後都沒有丟下我們……要是我到了一個新環境，肯定也會有所隱瞞……但以後若妳又看到了什麼，能早點告訴我們的話，我們會很感激的……」

妃露點點頭，雙手埋住臉部的她，已泣不成聲。

斐鱗本來還想追問，妃露是不是移民船上的人。但今晚他與妃露所承受的情緒已經太多了，不如就在寒冷的夜風中試著補眠吧！

明天，將會是更艱難的生存之戰。

十一、前進祕境

斐鱗忘記自己從什麼時候開始咳嗽，他想出聲，喉嚨卻乾得彷彿要著火。水……他的身體渴求著水。

即將黎明的淺灰藍色天空照映在海面上。放眼所及，盡是一望無際的惶恐，沒有陸地，沒有船隻。

「咳咳咳……」整夜濕著身體吹著海風，感冒未癒的老查咳出了血。

「老查……」斐鱗擔憂地望向他。

「不要那樣看我，內出血，神仙來也沒辦法救了。」老查在喘息之間皺著眉，一副不以為然的表情。

「斐鱗，昨晚我偷聽到你跟那娘們說話了……」

「妃露嗎？」

「你該不會真的相信他說的每個字吧？別忘了，人魚是很擅長幻術與魔法的種族，他們可以輕而易舉地動搖人心。」

「你現在也在動搖我啊！」斐鱗苦笑道。

「我是在跟你說真話，這個女人會把我們帶向災難的……」老查邊耳語邊望向後方沉睡的妃露。

妃露的睡容恬靜，斐鱗回頭望向老查。「你需要休息，別花力氣講話了。」

「哼！躺在一片破木板上哪裡算休息。你真不該救我出來的。若我跟著奇異號一起沉了，還比現在痛快。」

「天快亮了，現在的氣溫還算舒服，等太陽一出來，你會更無法休息，先保存體力，繼續補眠吧！」斐鱗轉過頭，也重新躺了下來。

他當然恨自己什麼也不能做，無法給老查所需的救治與機會。

天亮前的氣溫好宜人，沒有夜晚冰冷，更沒有烈日當空。斐鱗瞇起眼，做了個夢。

一片蔚藍的潮水中，他感受到沁涼如夏夜的觸感擦過肌膚。耳畔，接連傳來一連串熟悉的滑嫩高音。這聲音，像是女孩在唱歌，更如孩童的嬉鬧，純真清澈，讓斐鱗想起自己與野皮在海畔玩耍的幼年時光。

一串銀鈴似的笑聲劃開水波，越洋而來。他分不清楚是兒時的自己，還是夢境中的歌聲。

「來，一起加入我們。你安全了，你安全了。」聲音如溫暖的黑潮，瞬間包圍了斐鱗的身體。

他驚醒時，數十隻海豚在身側跳躍。

太陽出現了，熱度正在上升。斐鱗感到一陣炫目的金光，伴隨著跳躍的海豚弧影。海豚此起彼落地發出高亢圓滑的歌聲，親暱地朝斐鱗等人的木筏簇擁而來。

朔迦對他微笑。「是你在睡夢中呼喚牠們過來的吧？」

「我……我這麼做了嗎？」斐鱗轉頭，想確認喬特、妃露與老查的位置。

妃露的雙手疊在老查胸口上，閉眼喃喃自語，臉上血色漸失。

「她在想辦法救他！」喬特低聲說，彷彿怕打擾到妃露的儀式般。「我不知道她怎麼做到的，不過老查原先已停止呼吸……現在，他只是睡著了。」

妃露的髮絲濕漉漉地貼在她雪白的肌膚上，雙眸緊閉，汗水不斷從睫毛滑落，似乎耗盡了大半力氣。

老查緊閉的嘴邊，排出了幾絲黑色的血跡。

「好像是在去除體內的髒血……應該不要緊吧？」喬特緊張地問著斐鱗。

斐鱗點點頭。他不相信老查方才那番質疑與挖苦的話，妃露會完全沒聽見。她是為了洗刷自己的冤屈才救他的嗎？

還是，妃露只是單純想幫助老查罷了？望向妃露逐漸失去血色的臉，斐鱗心疼地抓過她的手。

「先休息吧！妳會受不了的……」

妃露唇色發白，搖了搖頭。「沒關係，我只是希望他能保住一條命……」

「可以了，他在妳的治療下已經好很多了。」朔迦也看不下去，幫著斐鱗勸道。

「我在這裡！」斐鱗腦海中閃過一個清晰正直的聲音，對方顯得有些不耐煩，似乎在一旁等待很久了。

「啊！你是藍艦的……」斐鱗臉上掛起大大的笑容。

他棲身的木板旁，一頭雄偉的銀黑色公海豚用鼻子親暱地推擠著他。

斐鱗感動得說不出話。

「哇！他們是衝著你來的啊？」朔迦與喬特也士氣大振，雖然他們不懂動物溝通的原理，但從海豚的肢體語言不難看出，牠們是爲了斐鱗來的。

只是，斐鱗不記得自己傳呼過這些海豚。

「難道，昨晚那些夢……」

「我們知道你需要我們，也知道你不是一個人。昨晚我們也聽見另一個女孩的聲音，大概就是她吧！」公海豚圓潤的小眼睛望著妃露。

她雖然已精力耗損不少，卻也笑容滿面，伸手撫摸海豚。

「謝謝你們來。」

妃露沒有開口，但斐鱗清楚地在心底聽見她的清甜嗓音。

原來，昨晚他之所以夢到與海豚共游的夢，有能力在睡夢中啓動溝通，皆是在妃露的幫助下才做到的。

是因爲妃露有人魚血統，才對於海豚傳呼顯得駕輕就熟嗎？眼前這個笑得甜美如春雨的女孩，身上到底有多少祕密？

「等等，從方才開始，我就覺得頭特別暈，好像在快速移動……」喬特後知後覺地一提，忙著安撫妃露的另兩位少年才驚覺……

用繩子彼此繫住的木板底下，有數十隻海豚正劃開海流，全力拖著他們前進！

「這樣你們會不會受傷啊？木板很粗糙的，先等一下！」斐鱗連忙翻身下水，挑選較柔軟的繩索來編織成八條轡繩，公海豚立刻引領其他強壯的海豚接力，將繩圈套過背鰭。

「好，這樣可以了。」公海豚不耐煩地搖了搖銀色身軀。「大家都快坐好，正午之前，我們一定全力領你們到可以喝淡水的地方。」

「去那裡，可以吧？畢竟，只有那裡是能在兩小時內抵達的。」牠偏身往妃露一靠，似乎在默默交換著什麼情報。

朔迦與喬特很驚喜地望向斐鱗，希望他能替他們翻譯，因此，斐鱗也暫時中斷了對海豚與妃露對話的聆聽。

「海豚說，要在兩小時內帶我們去有淡水喝的地方。」

「天啊！真是太幸運了！」樂天的朔迦一歡呼起來，喬特與妃露的情緒都被他感染，相視而笑。

海豚群全速前進，速度快得大家幾乎要趴坐在木筏上，才能勉強不掉進海中。而海豚每隔半小時就自主換班，以免沉重的木筏與繩子消耗個別的體力。蔚藍的海波下，光影在海豚的銀色肌膚上悠然游移。

看見海豚們井然有序又自在雀躍的模樣，斐鱗很感慨。

「能游得這麼快、這麼遠的動物，竟然被人類囚禁在那種小廣場，表演著跳火圈……」

「我懂那種身陷囹圄的感覺……」妃露嘆了口氣。

恢復血氣的她，雙頰被太陽曬出了紅暈，看起來有幾分妖豔。斐鱗從未用這種角度瞧過妃露，他不禁想著，是妃露太深不可測，還是他太多疑敏感了？

斐鱗爲自己的想法感到慚愧。

「妳說，妳先前也跟海豚一樣，被關起來表演過？」

「很多年，從我有記憶開始，我就被捕到南歐的國家，在他們的都市艦上進行馬戲表演。」她緩緩褪下肩膀的衣物，露出一小截肌膚。上頭都是菸蒂燙傷的疤痕。「當然，一有學不會、做不到的事情，也會被處罰。」

「這已經不是處罰，是凌虐了啊！」一旁的朔迦拼命地搖頭，義憤填膺。

「所以，妳腳上的腳鐐痕跡，也是那時候來的嗎？」喬特指著妃露腳踝上的疤痕。

低下頭苦笑，妃露似乎不願意回想。三位少年也不打算再追問。

斐鱗不時留意老查的情形，他內出血的狀況顯然好轉很多，能夠長時間沉睡，還不時自己翻身。不過，老查與少年們都超過十二小時滴水未沾，老查脫水的情形更是嚴重。

妃露爲難地開口道：「等等我們要去的地方，雖能讓你們稍作休息、喝幾口水，但那其實是一個我不願帶人類過去的地方……事實上，連作爲人魚混血的我，都可能不適合再到那裡去了。那裡……」妃露的金眸閃爍著矛盾的嚮往情愫。「那裡，是人魚專屬的祕境。」

少年們面面相覷。

但在知道妃露的人魚混血身世後，朔迦與喬特也願意配合。

喬特毅然從他的黑色防水包中，取出幾條薄毛巾。「既然不方便讓我知道確切的地點，我們不如把眼睛蒙起來吧？」

妃露十分驚訝，她似乎沒料到少年們願意配合她的苦衷。

「對啊！既然眼睛蒙住了，我們就不知道祕境的實際地點了。」斐鱗說：「到了祕境，我們就安靜地休息，不做任何破壞祕境的舉動。等休息夠了，取得補給後就繼續上路，這樣應該可以吧？」

「反正現在太陽大得很，海面上的光很傷眼，把眼睛蒙住也比較好。」朔迦認真地分析完，斐鱗與喬特都認同地笑了。

「是說，這一路上都是大海，我們又沒有攜帶任何定位器具，蒙了眼更不可能辨認出位置啦！」喬特咧嘴一笑。

妃露安心地點點頭。「謝謝你們……」

「放心，萬一到了那裡遇到對妳不利的事情，我們會對妳的同伴說是我們脅迫妳過來的。」斐鱗對妃露再度強調，兩位少年們也點頭贊同。

「所以，那裡也會有其他的人魚嗎？」

「是的，但數量應該不多，他們平常都居住在海底的城市。希望不會起正面衝突。」妃露抿唇，垂首祈禱著。

從此刻開始，三個少年立刻蒙住自己的雙眼，以妃露爲中心席地而坐，方便她隨時監督。而一旁因脫水而昏睡的老查，也由斐鱗親手蒙住雙眼。

老查連眉頭都不皺一下，大概因爲不用受日光直射，反而感到舒服呢！

晴空萬里，烈日當頭。彷彿只剩他們與海豚是世界上倖存的生命，其餘全是消耗意志力的大海。

斐鱗不敢想像大水劫來臨的那一年，世界各國水位急速上升，人類被迫離開已被大海淹沒的家園，集體搭上永久移民船。當時，人們得花數個月，甚至數年尋找新陸地。而當陸地被各國權貴政要所佔據之後，沒有名、沒有份、連國家都失去的人民，只能付稅投靠新政府組織的都市艦，在僅有的海灣旁生存。

更不用說這場大水劫造成全球數十億的人口喪生，死於天災、饑荒與戰爭的人數年年遞增。直到各臨時政府同意貢獻出資源保護地球，維持環境平衡，人口才勉強穩定下來。

這大概是繼聖經的諾亞方舟以來，大自然給人類上過最有效，也最沉痛的一課吧！

「我們才在海上漂流不到一天，就快不行了……真不知道以前我的爸媽是怎麼撐過來的。」斐鱗喃喃自語。

「我們真的算很好運了，有妃露和海豚在。」朔迦雖然以蒙眼布蓋住了臉，卻仍純真地露出微笑。「啊！斐鱗，我不是故意漏掉你的。」

「哼！我才不會在意呢！」

言談之間，男孩們保存著體力，斐鱗在蒙眼布中閉起眼，耳畔似乎傳來妃露啜飲海水的聲音。

她竟然真的能直接飲用海水，斐鱗替這世界上不同種族的奧妙之處感到不可思議。

不過，斐鱗始終沒有過問，妃露是否曾經搭過那艘移民船。

他知道，若是妃露想欺騙他，絕對是輕而易舉的。既然彼此之間的信任已經足夠，很多事情就不需要立刻追根究柢。

何況他已經渴得快要脫水，腦中也無暇顧慮太多了……

十二、祕境入口

睡意朦朧之間，斐鱗聽到海豚輕聲歡嚎，似乎在雀躍著什麼。

「太好了！終於！」公海豚傳來清楚的訊息。同時，熟悉的海潮拍擊聲傳入斐鱗耳內。

「這聲音……是海水打到東西的聲音……陸地！陸地到了！」他清醒過來。

「我們到了嗎？」喬特與朔迦也紛紛醒來。

「我們到了！」妃露親手替眾人取下蒙眼布。炫目的藍光，頓時襲進斐鱗眼睛。

這並非純粹的藍光，而是從海底反應上來的光芒。

藍光是由水中一點一點的星空藍所構成，混雜著外頭夕陽的橘金。

如被多重奇幻光源所渲染的流動畫布般，彩色海水簇擁著眾人。連妃露眼中純粹的金，也變成了樹林般的綠金。

斐鱗轉頭一看，原來自己正處在一個寬大的洞穴入口。洞穴很高，看不見頂，只能看到洞穴上頭也反映著摻有點點星光的海水光彩。

「我還以爲自己到了外太空……上頭星光，兩旁的海水也都是星光……」老查驚慌地抽了口氣。

喬特微笑。「老查，你終於醒來了，還好嗎？」

「我不知道發生了什麼事。」老查感激地瞧向妃露。「不過，姑娘，謝謝妳。」

「不會。」妃露指著前方淺笑。「海豚正在慢慢帶我們進入洞穴，如你所見，入口處很低也很窄，一漲潮就進不去了。」

「現在，正在漲潮。」公海豚浮上海面，露出聰穎的眼睛望著斐鱗。「等會兒，我們也是退潮再出去。」

「好的。」斐鱗漫不經心地回答，畢竟眼前的幻麗藍光，比他所見過的都市霓虹更充滿力量，也更純粹，很難想像這是海洋底部發出的光芒。

「我聽過以前的義大利藍洞遺跡……不過，這裡的光芒是一點一點的湛藍星光。到底是爲什麼呢？」斐鱗問妃露。

「等你們都解了渴，休息一下再說吧！」妃露微笑。

這處洞穴似乎沒有盡頭，斐鱗猜想，也許自己正身處於一個巨大島嶼的下方，妃露不想讓他們知道島嶼的形狀與特徵，所以從密道穿過。

也似乎如他所想，一轉眼海豚群便緩速停了下來。

「接下來的通道，你們徒步涉水就可以前進，我們再往前就要擱淺了。」公海豚對斐鱗說。

「真的太謝謝你們了。」

「不，我們只是報恩而已。至於其他來幫忙的海豚，是因爲聽過我重獲自由的故事之後，不相信有你這樣甘願爲了動物冒險的人類，而想跟來親眼看看你的。」公海豚幽默又感激的語氣，讓斐鱗彆扭地搔頭。

「唉！不要把我說成那樣，我故鄉的家人也都很高興你們重獲自由……能再見到你，真是意想不到！」斐鱗雀躍地跳入海中擁抱海豚，這才驚覺水的確很淺，他一蹬腿就踩到底了。海豚們將他們送到這裡，已經冒著擱淺的危險，仁至義盡了。

斐鱗輕輕抱住公海豚，海豚也親熱地用鼻子頂了頂他的臉。

「好，水對你們而言太淺了，趕快回去吧！」

「再會了。」

「再見！」

「再見了，人類！你們好好保重！」

海豚們此起彼落地擦過斐鱗與妃露身邊，歡笑地將他們的感激傳進兩人心裡。不只是能直接聽懂海豚訊息的兩人，乘坐在木板上的朔迦、喬特與老查也不禁紅了眼眶。

海豚群緩緩隨著漲起的海潮游出洞穴，強烈的魔幻藍光將牠們染成了銀藍色。牠們游動的模樣絲毫不顯疲憊，反而充滿成就感地彼此鼓譟著，扭動尾鰭。

斐鱗好羨慕牠們能成群結隊，團結如故。

他好想念故鄉的海榛祖母、野皮與小莘。何時還能再見到他們呢？

他和朔迦還能回故鄉嗎？斐鱗不敢再想下去。

垂下頭，斐鱗用腳底踩了踩海水，他踩到的竟不是厚重粗糙的礁石，而是柔軟的沙。

「有沙，植物就不遠了，那也代表……一定有水！」

「斐鱗！」朔迦一句暖聲呼喚，將斐鱗喊回現實。

「你是要不要上岸啦？」

聽見「上岸」這個詞，斐鱗瞪大眼睛。

「你很遲鈍耶！」朔迦指著正在幫忙固定木板與繩索的妃露、喬特和老查，他們早已登上岸邊。

斐鱗喜形於色，連忙快步躍上岸。只要能先喝幾口水，過去這幾小時的痛苦，根本不算什麼……

「這裡！」快來！妃露纖細的身子轉眼沒入礁石岸邊崎嶇的摺縫處。大家急忙跟上。

上頭隱約有天光透入，將藍色的海洞照映成淺淺的金麥色。

妃露正仰頭伸臂，斐鱗能隱約看見一道銀色弧線穿過她的手，徐徐往下流。光線瀉下的那瞬間，她雙手捧起清澈的水源。

「從上面流下來的，是淡水！」妃露話聲剛落，老查率先捧水在一旁狂飲起來。

「慢點喝，一下子灌入低溫的水到高溫的身體裡，你馬上就會胃痛的。」斐鱗叮嚀著。

「想先喝就說啊！」老查不屑地開著玩笑，但斐鱗只是一笑置之。

這道清泉大約只有人的手掌那麼寬，且流水時急時緩。也因此，喬特與朔迦也輪流上前，緩緩啜飲起來。

當乾涸的嘴唇接觸到沁涼水源的那一刻，斐鱗的口鼻間湧入甘甜的香氣。是水……真的是水。

「啊！真好喝！真的很感謝那些好心的海豚救了我們。」老查抹了抹唇邊的救命泉水，感嘆地說。

「噓……」妃露舉起食指放在唇邊。「上頭有片很溫暖的沙灘可供各位好好睡一覺，但應該會有我的族人們出沒，請大家盡量保持安靜。」

斐鱗聽到這裡，既感動又爲難。他很高興妃露心中早有一套幫助他們的計畫，但並未過早告訴他們，可見她心底始終很掙扎，深怕祕境中可能出沒的其他人魚會反感。

「我們盡量照妃露的話去做，不要找無謂的麻煩吧！」朔迦和喬特也十分認同。老查也期待地點著頭，收起高人一等的態度，靜靜跟在他們後頭。

斐鱗走到妃露跟前，低聲詢問。「妃露……妳上次到這裡來時，是什麼時候？」

「這裡算是人魚世界與人類世界的交會點，過去幾世紀的人魚把這裡視爲前線堡壘，總是暗中觀察、守護著祕境。但自從大水劫之後，人魚可憐人類沒有地方可以暫時棲身休息，祕境的定位就逐漸變成中途休息站，供迷途的水手或難民休息。當然，一發現對方有威脅，在睡夢中被斬殺也是無可厚非的。」

斐鱗點點頭。

妃露繼續說：「而我在四歲前都住在這裡，之後……再也沒有回來過了。」

「當時發生了什麼事嗎？」

「發生了一些原因不明的傳染病，我的母親怕我死去，就帶著我逃跑。因爲我的肺無法像人魚那樣長期在水中直接呼吸，也只能住在邊境，也就是你們看到的祕境……很不幸地，母親和我被不肖商人欺騙，誤上賊船，也開啓了我的災難。母親被凌虐後就下落不明，有人說她逃跑了，也有人說她去世了，而我被賣給了馬戲團，在難民營中流浪，靠表演賺取每天的食物……」妃露似乎很不喜歡提起往事，呼吸變得急促而痛苦。

見到妃露哽咽的模樣，斐鱗撫了撫她的背。

「對不起，我不會問下去了……總之，真的很謝謝妳帶我們來這裡。」

「不，畢竟你也救了我一命……身爲半人魚的我，從移民船爆炸之後就漂流了好久，我並沒有能在大海中獨自生存的能力，想傳呼海豚幫忙，但連那份體力都沒有……畢竟我生理期就要來了，這一周總是特別虛弱，全身都很不舒服。」

斐鱗這才注意到妃露的洋裝裙擺底部，原本雪白的腳踝，已經開始出現了鱗片般的變化，而她的步伐也比起昨天逃難時來得遲緩、怪異。

「我的腳很快就會出現一層鱗片，屆時會有數天無法行走，也必須待在淺灘處，讓尾鰭伸展。同時我體內也會排出一些血液，就跟一般女孩子生理期必須休養的狀況是一樣的。」妃露似乎對於告訴斐鱗這些事，感到有些彆扭。

「聽說所有的人魚混血都是女孩，可能是基因上的關係，導致我們有這些難以啓齒的變化……我爸媽當初如果沒有生下我，我就不需每個月都如此難過了。」

「不，妳怎麼能這麼說呢？」斐鱗激動地握住妃露的手。「也許妳覺得困擾，但每個月也就只有這幾天吧？誕生到這世界上，不是妳的錯啊！至少，有這片祕境讓妳棲身，妳也不需要再回到人類世界受折磨了，對不對？」

斐鱗本來還怕祕境的人魚會傷害妃露，但從方才登陸到現在，他們已經步行過海洞、飲過泉水、爬過礁岩，如今也將抵達洞穴外頭。斐鱗確定，妃露在這裡並沒有不受歡迎。反而是他們這群人類，才是不速之客吧！

朔迦和喬特也在一旁聽著，而喬特也毫不猶豫地回答：「不要緊，總之，我們休息夠了就會先上路，妳就待在祕境好好休養吧！」

「對啊！我們再想辦法離開這裡，不會給妳找麻煩。」朔迦溫暖地微笑。

「謝謝你們……以往的人類一聽到我的故事，總是嘲笑我、譏諷我，甚至說我捏造出來的是謊言……還好，現在終於遇到不會傷害我的人了。」

看著妃露受寵若驚，感動的微笑，斐鱗反而感到更心疼。

她指著耳上小巧的圓形綠寶石耳環。「這是一位移民船上的大嬸送我的禮物，她也是我這生少數遇過的善良人類。」

斐鱗笑著點點頭，指著妃露脖子上披著的長巾。

「那妳也可以把這個當作我給妳的禮物，我想海榛祖母一定也會同意的。」

妃露嬌羞地拉了拉頸上的幸運長巾。「謝謝你，它真的很美……我還想著有一天，能親眼看看人類是怎麼做出這些美麗的紡織品……可惜，我終究要在這裡終老了。以一個命運多舛的混血人魚來說，或許有個棲身之處就該感到萬幸了。」

斐鱗頓時很想承諾妃露什麼，卻一句話也說不出口。他甚至不知道對於妃露而言，回到兒時居住的祕境比較好？還是跟人類試著生活在一起會更幸福？

他覺得很無力，也很無奈。

穿過一處如長廊般的岩縫後，前方忽然沒有了道路，也瞧不見原本會透進洞穴的天光。

「我們得閉氣游一陣子，因為又開始漲潮了，前方能走的空間也沒有了。」妃露轉頭解釋道：「游過這幾十公尺，就是陸地了。」

「好，閉氣對水手來說沒什麼問題。」老查自負地說。

妃露微笑，轉身潛入海中。藍紫紗裙下，她長出鱗片的雙腿正並列踢動，模樣空靈且俐落。

大家也相繼下水。

昏暗的光線中，斐鱗緊跟在妃露後頭，感受到這瞬間的空氣變得不一樣了。

原本靜謐的氣氛，如今轉為肅穆。彷彿有人在暗中監視著他們的一舉一動。斐鱗甚至覺得自己聽到了某些類似人類話語的聲音。

對方一定也懂得心靈溝通傳呼！卻故意將語言屏障起來，不讓斐鱗聽見。他們是祕境中的人魚嗎？

斐鱗開始感覺頭痛、胸悶，他努力地踢水往前游。空氣不夠用了。因爲海潮已經漲滿洞穴，斐鱗毫無空間可以上潛換氣，只能靠意志力苦撐，努力跟上妃露。

眼前隱約有金光閃動……是沙子，是沙灘！

終於能換氣了！斐鱗感覺雙腳又蹬得到地面時，是妃露幫他扶住胸口站起。

他貪婪而感恩地大口大口呼吸著空氣，深切地喘息，將甜美的空氣往肺部送。

眼前可以看見這座沙灘不大，大約只有一處客廳寬，緊接著便是矮小粗硬的紅樹林。妃露一手抓住樹根，一手拉住斐鱗。

「等等！」斐鱗驚覺大事不妙。

後方實在太安靜了。

朔迦、喬特和老查，全都沒跟上。

「他們缺氧了……我得去救他們！」

「我跟你去！」妃露連忙也下潛回海裡。

經過一番折騰，斐鱗先是抓住朔迦與喬特的腳踝，而妃露也托住了老查的胸口。他們要是慢來一步，恐怕海洞裡就會多出三具屍體。

「來，我來，妳去旁邊休息一下！」斐鱗顧不得自己的體力也耗盡不少，一將朔迦、喬特救醒之後，立刻協助妃露，將老查也拖上沙灘。

他熟練地實行人工呼吸，但老查無論怎麼樣就是救不醒。

斐鱗重複著心臟按摩的動作，眼淚落了下來。他一向不怎麼喜歡老查，但卻未到能見死不救的地步。

「你已經爲他做很多了……」朔迦不忍心地抓住斐鱗的手，將他從老查的屍體旁帶走。

斐鱗哽咽地嘆了口氣。「唉……我們至少得找個地方把他埋起來……」

「噓！別出聲，有人來了。」妃露低聲說。

十三、意外之夜

來者沒有腳步聲。

對方移動的方式，像在水中滑行。妃露與朔迦立刻拉著分神的斐鱗，躲入附近的紅樹林中。

斐鱗仍噙淚盯著孤單躺在沙灘上的老查屍體。

「沒時間了，等一下我們再去把他移過來。」喬特低聲說。

朔迦用力地頂了喬特一下，暗示他別再出聲。

半個人影從沙灘盡頭的林間探了出來。是個高大的女人……

不，對方是個女性的人魚。紫色的巨大尾鰭在水波中擺動。外表看不出年齡，身上穿著淡紫色衣物，清香陣陣。

這是一種奇異的香味，像是茉莉般清新又讓人放鬆。斐鱗感覺一陣睡意直襲腦門，是因爲自己太過疲倦了嗎？

「妃露？」人魚溫暖的嗓音中滿是驚訝。優異的夜視能力，立刻讓想躲藏的數人感到一陣慌亂。

「嘉恩嬸嬸？」妃露緊張地站起，但她正在轉化爲尾鰭的雙腿立刻被長裙給絆了一下，斐鱗爲了扶住她，也不得不跌出樹叢。

「天啊！妃露，真的是妳！」人魚的臉孔在淡淡月色中顯現出來，是個十分優雅貌美的女性。

「嘉恩嬸嬸！」

「我就知道妳還活著……每到了新月，我就回來祕境找妳……我想也許有一天妳會回來……」嘉恩率真地流下眼淚，緊緊擁住妃露。重逢的兩個女性在水中緊緊相擁，也讓斐鱗的緊張情緒一時鬆懈下來。

嘉恩先對斐鱗點頭一笑，再度捧起妃露的小臉，語帶興奮。

「今天我醒來時，總覺得自己聽得見妳的聲音……妳是不是和一群海豚、一群少年來到這裡的？我聽到妳與海豚心靈的對話，就立刻從家裡出發，總算游到邊境了。」嘉恩依舊激動，在微弱的月光中撫摸妃露的臉龐。

「天啊！妳真的長這麼大了……上週我還在跟妳叔叔說，妃露若是還活著，一定是個少女了！」

看到嘉恩慈藹的模樣，斐鱗與朔迦感到一陣鼻酸。

「我得去跟妳叔叔說，妃露馬上就要回來了。」

「可是伯母……我還是沒辦法在海裡閉氣太久，恐怕只能待在邊境這裡了。」

「對喔！我忘記了。」嘉恩豪爽地說：「那我就把妳叔叔帶過來，我們還保留著妳小時候蓋的毯子呢……啊！」

忽然間，嘉恩發出一陣淒厲的尖叫，倒了下來。

大家全嚇了一跳，只見喬特猙獰地站在嘉恩身上，手中握著血淋淋的匕首。

「不能讓她回去人魚國度，通風報信。」喬特冷冷地說。

斐鱗握拳朝喬特撲了過去。「混蛋！你到底在幹嘛？」

妃露愣在嘉恩身旁，不斷顫抖。她不敢相信一向率真的喬特，竟然會隱藏了自己真正的企圖，傷害她的親人。

「這個混帳……」朔迦也衝上去，一拳將喬特打昏。

看見妃露慌忙扶著嘉恩退到一旁的模樣。斐鱗的心神彷彿都在這瞬間被掏空了。一向信任的前輩喬特竟有如此兇殘的一面……爲什麼自己沒有早點發現呢？

喬特的這項舉動一定其來有自，而人魚被人類所傷，勢必會引發種族間的大戰。

「對了，那個背袋……」斐鱗衝向岸邊拿取喬特的防水袋。

裡頭有一支改裝過的軍用無線電和筆形定位器。

斐鱗弄懂了。

喬特是軍方的臥底。而他來到他們身邊，並非偶然，而是經過巧妙的安排。

而人魚祕境被軍艦入侵，也是遲早的事了。

朔迦正幫著妃露，將嘉恩扶到沙灘旁，老查的屍體躺在另一頭，看起來格外諷刺。

斐鱗這才回過神，此刻他該做的，是幫助妃露救治嘉恩。

「穿過這個沙灘會有伏月草，是細長鬚狀的草根！可以敷在嘉恩的傷口上。」妃露抬起頭，紅著眼眶解釋道。

斐鱗立刻轉頭往林子深處跑。

「朔迦，你留下來保護她們！」

「知道了！」

斐鱗忍耐著胃底翻攪的不適感努力狂奔，回想喬特的一舉一動。

「難怪船難那天他明明有機會，卻不逃跑……我以爲他是想幫我保護妃露，原來他一開始就……但喬特真正的目的是……嗎？」

「萬物之語化爲風，徐徐拂過心靈之流。」斐鱗低聲唸著祈禱詞，請祖靈幫助他快速找到伏月草。他試著靜下心來，使用心靈傳呼。

「請幫助我，嘉恩需要伏月草，有人聽得見嗎？」

林間的巨大葉片上，一隻小樹蛙怯生生地探出頭來。

「你的左手邊，在遇到下個沙灘前，看得到那種草。」

「謝謝你！」斐麟壓住疼痛不已的胃，拔腿往樹蛙指示的方向奔跑。

他感覺林中似乎有許多雙眼睛在注視著他，這種感覺跟方才他穿越水邊游到祕境時的緊繃感，非常相似。

對方是人魚嗎？還是其他的生物……

斐麟沒有心思管那麼多了。

※※

找到伏月草之後，在妃露的救治下，人魚嘉恩總算止住了血。

她衰弱而無奈地望著夜空，感嘆道。「唉！人類……這就是爲什麼我們不喜歡人類來祕境。人類總是帶來疾病，帶來死亡，帶來毀滅。你們自古就迫害我們，害得我們只能躲入海底。連我們的邊界也不放過，一次次來侵略騷擾……」

斐麟明白，嘉恩此言一點也沒有誇張。朔迦垂頭喪氣，只能先將被打昏的喬特五花大綁。

「不過，要是沒有你們，恐怕妃露耗盡元氣也無法救醒我。」嘉恩碧綠的眼睛，彷彿能望進斐鱗與朔迦的靈魂深處，但兩位少年只能慚愧地低下頭。

「嘉恩，妳今晚就和我們在這裡休息好嗎？」

「不了，我慢慢游，還是能游回去。躺在自家的床鋪上比較舒服，妳叔叔才不會擔心。我會找個理由跟他說的，我們人魚有自癒能力，這類傷口早上就痊癒得差不多了。」嘉恩用柔和卻堅定的眼神看著斐鱗。

「少年們，收集好物資就快走吧！怎麼來，就怎麼回去。這是我唯一的要求了，可以做到嗎？」

「真的很抱歉，我們馬上離開。」斐鱗湛藍的雙眼滿是罪惡感。望著嘉恩虛弱地潛回海水的模樣，少年們感到很心痛。

「我們這就離開祕境吧！」

「沒關係，都已經晚上了，等天亮光源充足時，收集了水源和食物再走，否則我和海豚千辛萬苦帶你們來這裡，就沒有意義了。」妃露收起脆弱的神情，和緩地要求道。她水亮的金眸中盡是溫柔。

「我嬸嬸對人類很友善。我想她會編個理由跟叔叔解釋，在那之前，你們還是有一點時間的。既然喬特已被你們制伏，就不用太擔心了。」妃露指著已被朔迦綁在樹幹上昏迷的喬特。

說真的，斐鱗和朔迦也沒有體力，再閉氣游回方才的藍色海洞，只能接受妃露的提議。而妃露因為生理期將至，身體也顯得疲倦浮腫。她躺在淺灘邊，披著斐鱗的長巾入眠，逐漸蛻變為金色尾鰭的雙腿，在飄逸的紗裙下若隱若現，散發出一股妖豔卻平靜的美。

就像這片祕境一樣，充滿不可思議的奇妙氛圍，有時失控，有時卻包容。斐鱗怎麼想，都覺得這裡不是屬於人類的地方。

「要不是為了多喝一口水、多活一天，我們真的不該來這裡的。」

在懊悔與難過的雙重情緒夾攻下，斐鱗與朔迦睡去了。

夜裡，島嶼奏起森林萬物的安眠曲。在有限的漆黑視野中，斐鱗也無從得知島嶼有多大，只依稀覺得島上有著盎然的生氣，蟲聲齊鳴，還聽得到夜鴞低沉啼叫。島上的另一端有冰藍色的光隱隱透出，或許是人魚們的魔法所致。

「人魚們，寬恕我們吧！明天一早，就是我們離開的時候，再也不會來打擾了……」斐鱗一次次地使用心靈傳呼！希望人魚們能明白他的心意。

妃露輕輕壓住他的手，請他放下心。

「沒事的，他們會理解的。」她苦笑地呢喃道。

沒想到，早晨來臨時，他們卻即將迎接更大的危機。

「天啊！老查和喬特都不見了！」第一個睜開眼的斐鱗，赫然發現原本該被綁在樹邊的喬特，連人帶繩不見了。而因溺水而死去的老查，也整個屍體都消失了。

「怎麼會這樣？」朔迦也立刻起身。「如果是逃走的，怎麼還會把繩子帶走？」

「發生什麼事？」妃露揉著眼睛醒來，陽光照耀出她裙擺下的雙腿，已徹底轉變爲強健的金色尾鰭，呈現出濃厚燦爛的蜂蜜色澤。

「妃露，妳還好嘛？」斐鱗走入淺灘將她牽起。

「睡了一覺，感覺好多了。」

黎明的光照耀著小島，少年們赫然發現，自己正置身於數百座珊瑚礁島嶼的其中一個小島。

嬰兒藍般粉嫩的海水包圍著群島，水光蕩漾，讓逃難的他們有了進入渡假聖地的錯覺。

每座礁島的腹地都不大，大約都能容納數十位居民，只是多半被棕櫚樹等熱帶植被給覆蓋，毫無開發痕跡。

「能在這短短一百年間，由大水劫淹不到的山頭，轉爲礁島，這裡的地景也太不可思議了吧！」斐鱗看傻了眼。但眼下最重要的，應該是弄清喬特與老查到底去了哪裡。

「喬特會不會自行逃走了？」朔迦四處張望。「從這裡的淺灘游到另一個島，大約也才幾百公尺。」

「但繩子也沒留下來，他又是怎麼替自己鬆綁的呢？是有人把他們帶走了嗎？」斐鱗不安地蹙起一雙濃眉。

彷彿能反射天空般的清澈海水就在眼前，隨日出響起的蟲鳴鳥叫，以及不時飄入鼻腔的花果香氣，還是不能使斐鱗停止擔心。

「欸！我們先去找找有什麼食物吧！你不替自己想，也要替一天都沒進食又處於生理期的妃露想想吧！」朔迦嚴肅地說服斐鱗。

「你說的對……再怎麼擔心，飯還是要吃。我們先去附近探路吧！」

「那我也潛到附近去找食物。」妃露甩動金光的美麗大尾鰭，潛身游開。

陽光普照，視線極佳，翠綠的樹林也不再顯得陰森可怕，鮮美的瓜果更隨處可見。

斐鱗沉默地留意著四周環境，朔迦則低聲地和他討論。

「會不會是憤怒的人魚們，半夜把老查與喬特抓走了呢？」朔迦壓低聲音。「如果是這樣，抓喬特也就夠了，何必連死去的老查都不放過呢？」

「等等……」斐鱗指著前方的樹林盡頭。「你看到了嗎？」

「有人的腳印。」朔迦轉過頭，鬆了口氣。「既然是腳印，就不可能是人魚的了。會不會是你昨晚來摘藥草時留下的？」

「不可能，樹蛙昨晚要我走的不是這裡，我也對這附近的景象毫無印象。」走出樹林，又是一片沙灘，面對著另外數十個堡礁。

「這裡大軍艦進不來。」斐鱗露出了稍微放心的笑容。「海豚成群用繩索拖著我們的那些破爛船板，大概也會卡在礁石上，所以妃露才帶我們走海洞。」

「可是，萬一軍艦從別的地方進來呢？」朔迦繼續推論道。

斐鱗堅毅地頓了口氣。「那，我們就得阻止他們。我想喬特去通風報信的可能性很高，不管他用什麼方法，一定逃走了。」

「那老查的屍體呢？」朔迦問了個斐鱗也無法解答的問題。就在這瞬間，兩人發現了一幅駭人的景象。

一艘被煙燻得焦黑的五人座機動船，擱淺在前方一座島嶼的礁岩上。海水正沖刷著船板，也因此讓船隻深陷在岩塊之間。很明顯地可以看到甲板上，竟然有一堆被燒得精光的白骨！

「迷途的水手擱淺，撞到礁石爆炸了嗎？」斐鱗心中湧上深深的同情。

就在朔迦目瞪口呆之際，斐鱗毫不猶豫地跳入水中。

他直接往船隻處游去。朔迦急著大喊：「斐鱗！你要做什麼？」

「那艘船是機動船！我們若把它修好，就有交通工具了！」他回頭大喊。

一聽有理，朔迦也急忙跳下水。

十四、對峙

海水是如此清澈，水波反映著天空上的白雲，令少年們彷彿在空中遨遊。他們一前一後地快速包圍船隻。

斐鱗靈活地跳上甲板，閃過那三、四個骷髏。他所做的第一件事不是鑽進駕駛艙，而是衝下船艙，進入機械室。

「喂……你慢點啦！」朔迦疲累地攀上甲板，心有餘悸地望著甲板上的水手殘骸。

斐鱗探出頭來。「這不是爆炸，零件都還在……大概有七、八個月以上沒發動了，很明顯地，船上是遭到縱火，但又被撲滅了。」

「是處決嗎……水手們內鬨，互相潑汽油？還是……有人用汽油彈攻擊他們？」朔迦望著殘骸的方向。

「不管怎麼說，有人最後來滅火，這船才沒有燒盡。」斐鱗沉痛地將眼神從水手身上移開。「也許是人魚，不希望火勢蔓延到祕境其他地方。」

朔迦嘆息道：「唉……我們把水手埋了，然後你來把船修好吧！」

他們先回去向妃露報平安，三人再一起游回這座島。朔迦埋葬水手，斐鱗則用老查教過他的機械修復知識，成功發動了這艘被烈焰侵襲過的機船。兩人花了一個上午的時間，進行這兩項作業。

「太好了！」引擎發動的瞬間，斐鱗激動地大叫，這是他這幾天來第一次這麼開心。朔迦與妃露也與他團團相擁。

他們小心翼翼地將船駛出礁石間。雖然左側船殼損壞非常嚴重，但駕駛上沒有太大的問題。斐鱗與妃露又回到海洞旁偵查情況，並順便將昨晚留在那裡的繩索與船板運回島上，用來修復船身。

有了交通工具，就有離開這裡的希望。他們不必再擔心打擾到人魚們的平靜世界，卻又擔心敵方會收到喬特的通報，而回來攻擊祕境。

修好船隻的快感，很快地被斐鱗的理智給排除在外。「他們到底想要祕境的什麼呢？」他搖著頭。

「祕境什麼也沒有，其實就只是普通的群島，而人魚世界的入口就在海洞裡，一般人也不會想到要去那裡。人魚們只是居住在水下自己的建築中而已，我們不富有，也沒有什麼祕密。只是，跟人類這種用高科技發展文明的種族比起來，住在海底的人魚不用經歷大水劫的磨難罷了。」妃露爲難地說。

在徵求妃露的同意後，斐鱗決定在日落前兩小時駕駛著船在附近晃一晃。由於正値退潮，妃露便坐在駕駛艙外頭，在水中垂下美麗的金色尾鰭，與兩位少年閒聊。

她嘆息道：「我離開了十幾年，島上卻一點也沒變。」

「要是讓人類知道，一定會變得非常人工。」斐鱗苦笑道。「放心，我們一定會永遠將祕境當作祕密的。現在只是探索兼巡邏，看看附近有沒有可疑的狀況罷了。畢竟喬特與老查都不見了，這件事絕對還沒告一段落。」

朔迦語重心長地分析道：「從喬特逃走這件事看來，我看豪爾船長跟軍方一直都有掛鉤，搞不好我們此次出航的目的根本不是要找新大陸，一開始的目的就是人魚祕境。」

妃露低頭不語，似乎想反駁什麼，又像在默認。

「妃露，我可能還是必須請問妳……當時移民船上到底發生什麼事？」

「海盜襲擊，跟你們遇到的狀況一樣。因爲我能在夢裡預視到海盜的來襲，便通知了跟我同艘移民船的大媽，原本我想竊走小船，帶她和她孩子一起走，但中途被警衛發現了，我不想連累他人，只好抓了塊廢棄床板逃了出來。漂流的過程中，原本想傳呼海豚幫助我，但這種遠距傳呼需要幫手加強能量，我始終召喚不到海豚，漂流一天後就被奇異號救起了。」妃露終於說出真相，表情卻始終沉重。

「你們大概覺得我在苟且偷生吧！我花了一整天說服大媽，但她堅持我的預視可能只是一場惡夢，不想讓孩子因爲我的一席話在海上逃亡。」

「妃露，我們並沒有覺得妳做錯什麼，妳只是做了該做的事。」朔迦苦笑道。

「是啊！在一起經歷了這麼多事後，妳以爲我們會對妳深思熟慮後的行爲說三道四嗎？」斐鱗將船舵交給朔迦，上前笑著拍了拍妃露的肩頭。

兩人在船頭並肩坐著。一想到即將與妃露分別，斐鱗也很不捨。一陣長長的沉默在船上流轉，伴隨著夏日薄荷藍的清澈海水，美景當前，反而讓人感到更加淒涼。

澄澈海波上一個個的珊瑚礁島，模樣小巧而可愛，彷彿仙境中遺世獨立的小矮人，又像是上帝錯置的棋盤，蔓延至天邊。

「那裡應該是祕境的東南方，海潮較為洶湧，到了晚上很容易起霧，許多大船都曾經在那裡擱淺。」妃露指向島嶼山頭外的深藍海域。

「這裡不利農墾，除非像我們瀅族一樣習慣漁獵生活的人，才能輕鬆住在這裡。或許在外人眼中經濟價值比較低，這樣也好，不容易吸引貪婪的探險隊來這裡興風作浪。」

斐鱗繼續推論道：「現在，我們只需要弄懂軍方、喬特和海盜之間的關係，就知道會不會有人來攻打這裡了。」

妃露神色有些恐懼，但仍堅定地點頭。溫柔的燦金雙眸中，倒映著對斐鱗與朔迦的信任。

忽然間，船身顫動了兩下，便靜止不動了。

斐鱗提起工具箱。「可能是馬達無力，所以熄火。我下去看看，朔迦，你留在甲板上陪妃露。」

朔迦點頭，他意識到不太對勁，即使較爲後知後覺的他，也感覺得出祕境的氣氛改變了。

朔迦抓起甲板上的泡水獵槍，心想打不出子彈，至少拿來搏擊防身也好。

原本歡叫的鳥兒，停止了歌唱。在透明海水中悠遊的魚群也不曉得躲去哪裡了。

「動物們好像很緊張……」妃露轉頭望著朔迦。「可是我因爲生理期的關係感覺很遲鈍，聽不清楚牠們說了什麼。」

「沒關係，還好我和斐鱗還沒走，我們一定會爲接下來的事情想辦法。」朔迦緊繃地弓起身子環視四周。

就在這瞬間，他看見了。

西邊其中一座珊瑚礁島上方，飄過了一縷煙霧。

下幾秒，煙霧在風中淡去，未再出現。但朔迦更加認定，島上的人類不只他們。

船身再度顫動，緩緩往前。

「哦！斐鱗好像把船修好了。」妃露轉過頭。

斐鱗飛快地從艙室中衝上甲板。

「看看我找到了什麼！」他邊衝進駕駛艙繼續開船，邊將懷中一個骯髒的油布包遞給朔迦。

「你和妃露先看一下，我把船駛回隱密的地方。」

「好。」朔迦連忙接過布包。「對了，我剛看到有人在西邊島嶼生火，雖然只有一瞬間，大概是怕被發現又撲滅了。」

「不知道是軍方還是海盜，也許他們偷偷換小船進來了。」斐鱗嘆息。「你們先看看布包裡的東西吧！」

「這是……」朔迦目瞪口呆。

布包中竟是數顆肉丸般大小的巨大鑽石，全都已經打磨完成，剔透晶亮。朔迦的手不禁顫抖起來。「我……我聽說在大水劫之後，海盜一直趁亂建立深海打撈船隊，尋找遺跡，特別是一世紀以前，各種政府館藏、私藏的貴重物品，原來是真的！」

「當然是真的，不然我們奇異號怎麼會這麼莫名其妙地被海盜打沉了，我想他們的器材，大概也已跟軍方的反追蹤偵查技術一樣厲害了。」斐鱗苦笑道：「所以，不管喬特在爲誰工作，他們一定是衝著這些鑽石而來的。」

妃露沉重地搖著頭。「爲什麼要把這些不屬於人魚的東西，帶來我們祕境……」

「大概是想藏起來，但分贓不順利起了內鬨。」朔迦說。

「但我們要怎麼抵抗軍隊和海盜呢？」妃露聲音顫動而悲愴。

「你們不需要抵抗海盜或軍隊，只要交出鑽石，他們自然就會離開了。」斐鱗毅然說道。

他的神色全無玩笑之意，朔迦愣了一秒。

面對手中這數顆碩大的鑽石，誰能輕而易舉把它們交出呢？

有那麼幾秒，斐鱗以爲朔迦會反駁他的話。

低下頭，朔迦似乎在沉思。

妃露則緊繃地望向斐鱗，深怕接下來會引起一番搏鬥。

朔迦再度抬起頭時，清綠色的雙眸卻透澈無比，洋溢著堅定的決心。

「這的確不是我們該拿的東西，也不關我們的事。只要把它弄出人魚祕境，相信麻煩就不會找上門。」

不愧是出身權貴名門，卻加入探險船隊的少年會說的話。眼眶泛紅的斐鱗沉默地上前，緊緊抱住他。「謝謝你，朔迦。」

「好了啦！」朔迦苦笑地輕拍斐鱗的肩膀，空出的一隻手，毫不怠慢地將鑽石包回布包中。

斐鱗轉向憂心忡忡的妃露，淺笑道：「現在，我們只需要想個好策略，既能保護祕境，又能讓我們全身而退。」

※※

如黑色巨山般的鋼殼武裝船，正停駐在珊瑚群島的東南外海。

棕髮的喬特站在一艘鋼殼黑旗船的甲板上，身後盡是一群凶神惡煞的彪形大漢，他臉上有著瘀青，左手小指已經被扳斷了，那是今晨遭到海盜們毆打的結果。因爲當不成一個好間諜，喬特隨著妃露混進人魚祕境後就洩了底，自然讓海盜們十分生氣。

海盜船上的首領是個斯文白皙，綁著長馬尾的瘦長男子，名爲凱音斯。他是攻擊難民船、奇異號的元凶，爲的只是一個混種人魚。

凱音斯想在人魚入手之後，逼她帶領海盜們回祕境，奪走前任首領遺落的鑽石。

雖然人魚逃得快，行蹤難以掌握，但也還好，他早已在探險船上安插了一個內賊，幫助他掌握各大聯邦政府探險隊的狀況。

「喬特，你在甲板上好好看著，將來事成，你也有功勞。」凱音斯瞇起一雙橘金色的細眼微笑，還拉了張椅子，讓喬特坐在甲板上視野最好的位置。

「欸！你們怎麼能這麼對待我們的功臣呢？是誰讓他被打成這樣的？還不替他鬆綁！」凱音斯皮笑肉不笑地拍了拍喬特身上的灰塵。「將來你們分了鑽石，首先得先在喬特腳邊拜上一拜才是。」他冷冷笑道。

喬特感覺一陣寒意竄入骨髓。

他原本不想回海盜船的，但跟著兩位破落少年與混種人魚待在荒島上，根本不是他一輩子的夢想。

昨天半夜，原本以爲已經死去的老查竟然咳了幾口水，從昏迷中醒了過來，兩人視線一交會，喬特就立刻趁機編造了謊言。

「人魚們和斐鱗、朔迦串通好，要把我獻祭！快把我鬆綁，繩子也一起帶著，以免他們起疑。」

原本就不特別喜歡人魚的老查，不疑有他，立刻帶著喬特逃走。

喬特找了個辦法甩掉老查後，便設法回到礁島外圍，跟一直默默跟蹤著妃露一行人的海盜們會合。

稍早，凱音斯下令派遣幾艘好活動的小船，駛入礁島群刺探情報。

但沒一會兒，喬特遺落在沙灘上的無線電便響了起來。

有個少年要求海盜首領出面，說要自動將鑽石交回。

「我有你們要的東西，等等我會親自上船見你，也希望你們拿了東西後展現誠意，離開這裡。」

「這種鳥不生蛋的地方，平常我還不想來呢！」接到通訊的海盜副手，還調侃了對方一番。

「那就拿了東西請回吧！」對方語氣堅定，聽起來不像是普通的年輕水手，海盜首領凱音斯對他很感興趣。

煩躁的鷗鳥飛過海平線，在海盜船艦外盤旋。伴隨著鷗鳥們的抓魚歌聲，夕陽緩緩地下墜。

「首領，那個少年來了。」

「哦！快準備紅茶吧！」凱音斯露齒一笑，輕盈地說：「喬特，你的朋友看起來別有用心。」

喬特擔憂地往下眺望。

斐鱗身上揹著喬特遺落的防水包，坐在一艘破舊的金屬機動船船首。一頭俐落的烏亮短髮彷彿撩動的鳥羽，他的目光如炬，像在夕陽中燃燒的兩抹海洋之光。

船隻一將斐鱗放在淺水處，便調頭開回。

「看來他的夥伴迫不及待想逃走呢！」凱音斯揶揄地笑。

斐鱗大步走上海盜們鋪好的木製舢舨，俐落地躍上甲板。

「你們可以準備調頭了，看到你們調頭，我才拿出防水包裡的鑽石。」

「或者我也可以直接把你射死，再請喬特去拿鑽石。」凱音斯望著身旁個個手持槍械的部下們，挑了挑眉梢。

「我包中的鑽石不是全部，當然你可以現在殺了我，但另一半的鑽石就沒有著落了，不是嗎？」斐鱗學著凱音斯的輕浮語調，也眨了眨眼。

喬特不敢相信眼前的是斐鱗，那個忠厚誠懇、看起來十分好騙的少年。眼前的，分明是個深思熟慮、極具膽識的超齡男子。

斐鱗的藍眼像湧進了全世界大海的藍，是那般純粹而堅毅。

那是天空與海洋的顏色，非比一般。

十五、星空之鄉

十分鐘前，朔迦隻身在原野穿梭。撥開樹枝、揮過草葉，他心急如焚，步伐迅速。

朔迦並不擔心自己被人發現，他只是想快點找到目的地……

忽然間，朔迦墜進一個兩人高的坑洞中。眼前一黑。

「是陷阱……還是壕溝？」

朔迦摸著跌痛的腿，這才發現洞口似乎是好久以前有人特地挖的，還好下方已經長滿了厚軟的植被，跌起來一點事也沒有。

只是，要怎麼爬出洞呢？

「天啊！朔迦！你沒事吧？」遠方傳來一個熟悉的聲音。

來者不是喬特，不是妃露，更不可能是斐鱗。

「老查?」朔迦不敢相信洞口驚慌探頭的人，竟是自己一直以爲死掉的老查。

「昨晚我誤信了喬特的謊言，等我發現這小子有鬼時，他把我推進這洞裡，自己逃走了，是軍方派了先遣小隊來探勘，才發現了我！我早就知道豪爾船長是個小人！我寧願躲在船艙工作，也不要上甲板跟那種懦夫打交道，要不是欠債，我也不會答應這次出海……」

「我知道了。」朔迦無奈地抬起手臂。「您冷靜點……」

這時，老查身邊出現了好幾張男人的臉孔。

「他們是聯邦政府的軍隊，別擔心，我現在跟他們在一起。」

「老查……我都已經沒有空了，你還跟我講這些……」朔迦氣急敗壞，知道老查沒事固然很好，但掉進此洞根本不是朔迦原本計畫中該做的事。

「不要抓我！拜託不要殺我！」一等幾位穿著軍服、臉上抹了迷彩膏的士兵將朔迦抓出洞口之後，朔迦立刻歇斯底里地大叫。

「你是誰?報上名來！」一位頗有軍官模樣、揹著深藍穗帶的長官問朔迦，雖然他的模樣溫和，朔迦卻極度緊繃。

「拜……拜託，千萬不要殺我！你問老查就知道，我只是漂流到這裡的奇異號船員，我告訴你哪裡有寶藏，千萬不要殺我！」

「寶藏？」軍隊將領的臉上出現了極大的困惑，朔迦邊繼續高聲講話，邊仔細觀察他的表情。

他很顯然不是為了寶藏而來，也並非特地來攪擾人魚，因為長官從頭到尾都未過問妃露的事情。

那對方來這裡的目的，就很簡單了。

他是為了海盜，而一路追擊到此的。

「朔迦，拜託你別這麼丟人！」老查對於朔迦方才瘋狂的行徑與口吻十分不屑，拍了拍他的肩。「先前的難民船和奇異號都被海盜攻擊，軍方豈有不追查的道理？你把他們當成什麼了，還胡說什麼寶藏……」

「不，真的有寶藏！只是，不在我這裡！我親眼看到海盜們拿走了所有的寶藏，分別是五顆好大好大的鑽石！他們就要逃開了！」朔迦瞪大翠綠色的眸子，伸手指向十分鐘前斐鱗離去的方向。

「把他保護起來，這位少年也許傷到了腦，也請軍醫檢查一下他有無其他病症。」首領揮了揮右手。「他的線報，很符合探測雷達的顯示，海盜等人的確停泊在東南側，只是他們有反探測高階器材，加上海況不明，怕是陷阱。既然有了更一層的情報，我們立刻出兵。」

朔迦聽到這句話，低頭做出緊繃抗拒的模樣。但等士兵們攙扶他起身之後，朔迦的臉上暗自露出了深刻的微笑。

一路被士兵押著的他，直接抵達軍醫在林間搭的帳篷。朔迦瞥見了營帳中的炭火盆。很顯然，早上他們在這裡用過早餐、生過火。

朔迦十分冷靜地配合軍醫的檢查，已經不需要方才歇斯底里的演技了。

軍醫用器材照了照朔迦的瞳孔。「你有點脫水，但沒有任何腦震盪的跡象。」

「對啊！我知道。」朔迦露齒一笑。

※※

斐鱗在等待海盜船轉向。他的心臟砰砰直跳，彷彿體內有座不屈的戰鼓正在擊打。

他當然知道自己一登上海盜船就凶多吉少。

不過，斐鱗願意賭一把。

他撇頭望向喬特時，喬特連他的眼睛都不敢看。

「看來你很快就忘了你的老朋友啦？喬特。」盜賊首領凱音斯微笑道，朝坐在艙內豪華斑馬紋沙發上的副官揮了揮手。

「欸！快放音樂啊！我們每次砲擊時都會放音樂的不是？達布斯進行曲是最棒的了！」

浩大的樂音衝出船上的廣播系統，激昂的管弦樂轟然響起。

「聽音樂？這就是凱音斯襲擊妃露的移民船，以及他們的奇異號時所做的事？」斐鱗握緊了拳頭。

他也注意到，這艘海盜船並沒有昨天海戰時被老查打出的砲孔，顯示海盜們財力雄厚，隨時可換新船航行。他們打劫船艦已行之有年，將此當成產業般經營。也因此，凱音斯的氣燄才會如此囂張。

海盜船仍在轉向，原本該依照斐鱗的要求，背對著人魚群礁準備出航離開，但凱音斯中途卻像想到了什麼似的，銳利地轉過頭。

他衝著斐鱗冷笑。「不對啊！你這個小毛頭，叫我轉向我就轉向，難不成，人魚群礁中還有什麼不可告人的祕密，而你很怕我發現？」

斐鱗咬住牙根。

「停止轉向！相反地，我要你們放下最快的機動小艇，我們這就去人魚群礁裡好好兜兜風！抓幾隻美人魚來瞧一瞧！」

凱音斯猙獰地露出牙齒，用力扯住斐鱗的黑色上衣。「哦！你很沉得住氣嘛！小子。我就知道，也許裡頭的鑽石船不只一艘，是嗎？也許裡頭有我們可能會想要的東西，而你不願告訴我們？對嗎？讓我告訴你，就憑你一個人要我凱音斯拿了鑽石就走人，做不到！」

「混帳！」斐鱗狠狠地頂出額頭，撞向凱音斯。

一聲槍響竄出，斐鱗的背上噴出了血跡。

夕陽染紅了整片薄荷藍的礁島海域，紫色的豔麗雲彩滑過水畔，幾顆孤星已在東方閃爍，看起來格外悲戚。

三艘海盜機動船在前方領著路，而凱音斯的主艦轉回了面向礁島的位置。海盜艦，全速前進。

凱音斯花俏的靴子踏過躺在地板上的斐鱗，撿起那些墜出防水袋的鑽石。

「一顆、兩顆、三顆，的確跟前任船長描述的數量不同。」凱音斯對一旁已經嚇得臉色鐵青的喬特說：「這小子的確留了一手，但無所謂，等到我們掌握人魚祕境的真正祕密之後，還怕發不了財嗎？」

滿頭冷汗的喬特雙腿發顫，連從椅子上站起來都有困難。他低頭打量著斐鱗閉上的雙眼。

曾經患難與共、肝膽相照的斐鱗，如今卻在自己的面前闔上眼睛。喬特除了深深的恐慌，懊悔的神色更掛在臉上。

「斐鱗……對不起。」喬特低聲喚道：「對不起……其實一開始是豪爾船長問我，願不願意當他們跟海盜之間的內應……看在錢的份上我沒多想就答應了。沒想到……船長和醫生這些小人卻臨陣脫逃，一走了之，留下我和你們被捲進這爛攤子……」

充滿哽咽的解說，並沒有讓斐鱗睜開眼睛，喬特慌了。

「斐鱗……快醒醒，我們一起想辦法逃出去吧！」喬特低聲尋求斐鱗的原諒，要他怎麼道歉、怎麼解釋都好，他只求斐鱗能帶他逃出海盜的掌控……

然而，地板上的斐鱗一動也不動，連眼皮都沒跳一下。

看來，是太遲了。喬特的希望破滅了。

「喂！那邊閒著沒事的人！」凱音斯轉過身，指向地上濺血的少年。「把這垃圾給我拖下去，但先不要處決他，總是要留點籌碼。」他微笑道：「現在，能再把音樂放大聲點嗎？」

高分貝的樂聲再度響遍全船。

「走！」兩名海盜粗暴地抓起斐鱗的衣領，劇烈的振動讓斐鱗清醒了過來。他半瞇著眼，感覺自己正被帶下船艙。

艙室內香氣四溢，似乎是最高級的檜木薰香，黑市要價一塊數十萬，耳畔則是震耳欲聾的管弦樂，斐鱗悄悄打量著金碧輝煌、處處擺設著高級家具、儼如皇室豪宅的海盜船艦。

被丟進船上昏暗的一角後，斐鱗不顧背後鮮血沾濕了衣衫，始終保持不動，假裝昏迷不醒。他將身子放輕，毫不抵抗。

「我要去甲板上看熱鬧，接下來交給你。」另一名海盜拍拍押解斐鱗的海盜肩膀。海盜落單了。

斐鱗轉身對他苦笑。「兄弟，你想要鑽石嗎？摸摸我的褲袋。」海盜放鬆斐鱗的那瞬間，斐鱗立刻爬上他的肩膀。

「呃——」海盜發出氣音，手臂上巨大的肌肉也無用武之地，斐鱗的雙腿仍緊緊夾纏他的脖頸。

海盜用力往後退，讓斐鱗撞上牆壁。

「很好！你也沒多少機會了！」斐鱗屏住氣，猛擊對方的眼窩。

天空仍是一片詭譎的紫紅色。美麗的夕陽彷彿仍不想落入海中，綻放出妖異的光輝。

一陣陣的白霧飄過巨大威武的海盜艦，前方的飛艇仍急速破浪前進，衝進人魚礁島。

「報告首領，軍方從我們後方壓境了！」慌張的副官衝到凱音斯跟前。

「什麼？」凱音斯感到莫名其妙。「為什麼我們的反偵測器材沒有起作用呢？」

「可能是昨晚在東邊礁石上的那一撞……系統有些失靈。」

「沒關係，我凱音斯也不是沒跟軍隊對戰過，他們只是一群沒用的傢伙，隨時都在找機會逃跑！無條件朝後方開砲，自由射擊！」

砲聲伴隨著船上激昂的管弦樂，凱音斯露出逞強的微笑。

忽然間，他發現船首航行著的快艇，一艘艘消失在自己的視線中。

「報告船長，起霧了。」副官又來稟告。

「砰！」遠方驚爆出一陣火光。

頓時間，濃煙在海盜艦前方四起。

顯然是小艇在濃霧中撞上了礁石，船毀人亡。

「停船！立刻停船！」凱音斯這下緊張了。

「英明的決定，首領。」副官阿諛地說：「在這種濃霧狀況，船艦會撞到前方群礁的，千萬不能再前進了。」

海盜艦緊急地停了下來。艦上播放的音樂聲，也隨之驟然消失。

凱音斯轉頭時，後方軍艦的巨影已然逼近。銀灰色的軍艦如山壁般堅毅緩行，不斷朝海盜船發射火砲。

正當凱音斯決定回頭，殺出一條血路時……

「報告長官，火砲系統故障，停止射擊了。」

凱音斯抱頭蹲下，耳畔聽見了一波波詭異的陰沉歌聲。

這一連串的聲音此起彼落，尋不著來源。它們既嗚咽低沉，像鬼魂嚎哭，又像千萬鐵騎的蹄下碎響，彷彿連海濤都爲之撼動。

漲潮了，濃霧將凱音斯的船艦緊緊包圍，在軍方砲火之下，海盜艦只能不斷無助地在海水中晃動、搖撼……

前無去路，後無退路。

而淒厲的歌聲仍在持續著。

似乎就是這些歌聲，召來了濃霧，喚來了軍艦。

凱音斯將一旁椅子上的喬特狠狠拖到自己身旁。

「混蛋，都是你！你做了什麼？你是不是在人魚祕境裡做了什麼？這不是人魚的歌聲嗎？」

「我……我……」喬特試著想說些什麼，耳邊的陰沉歌聲越加劇烈，讓他頭痛欲裂。

「啊！啊啊——」凱音斯也跪倒在甲板上，耳朵流出了鮮血。

海水噴入船艙，淹上了甲板，直到軍方的砲火將海盜船擊成兩半，凱音斯都沒有再醒過來。

在海潮的凶暴漲勢下，豪華沙發座滑過了甲板，在礁石上撞成碎片。

※※

五分鐘前，斐鱗從海盜艦的機械室倉皇逃出。他的背後已經濕透了，分不清是汗水還是鮮血。

他跳進砲聲隆隆的海中，耳朵裡塞著妃露交給他的藥草丸子。

這些凝膠狀的丸子能夠避免斐鱗被人魚的歌聲所傷害。

斐鱗努力划了兩圈水，一陣刺痛灌進了他的傷口，意識開始模糊了起來。

一片朦朧之中，斐鱗感覺自己被人往上托起。金色的華麗尾鰭、半透明的藍綠色紗裙與祖母的幸運長巾飄過浪底，映入眼簾。

「妃露……」斐鱗喚著人魚的名字。

「不公平啦！他只叫妳的名字耶！」耳邊傳來朔迦熟悉的嗓音。

「朔迦。」斐鱗苦笑地喊道。

「來不及了啦！反正我在你心中的順位就是比較低啦！」朔迦故意酸道。

斐鱗沒有力氣睜開眼睛了，但他聽到妃露在一旁輕盈的笑聲。一切就跟以前一樣，他與朔迦抬槓互嗆，妃露則笑著捧場。

有人在輕觸著自己的背，並解開衣服……斐鱗感覺睡意襲了上來。

當他再度醒來時，自己躺在妃露的懷中。她闔起長長的睫毛小憩著，而朔迦在一旁擔心地眺望黑夜。

他們置身於一處平靜的水畔，海浪攪著沙灘，輕輕搔著斐鱗的腳板。

遠方天空不再砲響不斷，空氣裡的煙硝味也幾乎聞不到了。

「還好，你活過來了。」朔迦總算露出了放鬆的笑容。

「我怎麼了？中槍嗎？還是刀傷？」

「都有。」朔迦故意開玩笑道：「好啦！是中槍，妃露已將子彈取出來，但傷口這幾天不能再碰水了，禁止游泳。」

「我看短時間之內，很難喔！」斐鱗望著黑夜中靜謐的礁島群，打趣道。

當他眺望東南方，發現半艘海盜船的殘骸仍在原地。而軍艦的銀黑色船身，已經消失了。

放眼望去，只見一座座平靜礁島，躺在深藍色的海水中。

「軍隊已經走了，你昏迷過去的五小時，他們都一直在打撈。你帶上海盜艦甲板的鑽石被找到、倖存的海盜也都被逮捕後，軍方就心滿意足地離去了。」

「三顆鑽石都帶走了嗎？」斐鱗微笑。「太好了，那種不祥的東西，還是交給政府比較好，我們一般小漁民就不要管了。」

朔迦開心地點頭。「還好你出的主意是對的，告訴海盜們鑽石共有五顆，其實一開始就只有三顆。」

「這可難說喔！」斐鱗眨了眨眼睛。

「喂……不要再開玩笑了！我們明明當場點過數量！」朔迦毫不猶豫地往斐鱗胸上搥了一下，雙方哈哈大笑。

妃露醒來了。她向人魚們通風報信後已十分疲憊，還救治了斐鱗的傷勢。斐鱗對她感到很抱歉。聽朔迦轉述，人魚們一直在暗中觀察著他們，為了驅離海盜，才決意以歌聲協助。

「太好了……我本來還擔心，我們三個永遠沒辦法像現在這樣笑了……」妃露輕輕抱了斐鱗一下。她揉起惺忪睡眼的模樣，像個純真的小女孩。

「等一下，我帶你們兩個去看一樣東西。」她神祕兮兮地說，俐落地往水畔游開。

「來呀！快跟上！」

兩位少年彼此對視了一眼，期待地跟在妃露身後。

斐鱗在朔迦的攙扶下，快速地走了起來。「什麼啦！到底是什麼？」

「你希望是什麼？」朔迦淘氣地追問道。

斐鱗嘆息道：「唉……絕對不要是寶藏或鑽石……我不想再看見那種東西了。」

「放心！」妃露甩過一頭濕潤的微卷長髮，回眸一笑。「絕對不是寶藏或者鑽石，但一樣很美麗。」

她們穿過沙灘，妃露往另一座島嶼的方向游去。朔迦連忙發動斐鱗修好的小艇，兩個少年乘著小艇跟了上去。

今晚，上弦月帶出海礁的幽靜之美。船隻在斐鱗的駕駛下緩緩前進，妃露則在船首帶路。

而下一秒，映入斐鱗視野中的，是整片綿延不絕的銀藍色海灘。

「哇……怎麼會這樣？」少年們驚奇地叫道。

眼前展開的，是他們這輩子從未看過的美景。

一座座珊瑚礁島的海灘上，綴滿了星沙般。成千上萬的藍色光點，像寶石、像碎鑽，更像墜落在潮浪之間的星辰。

「天啊！爲什麼海水會發出星空般的光芒！」斐鱗讚嘆道。少年們興奮地在下個海灘拐彎處停了船，迫不及待地跳入淺灘。

「這到底是什麼？」朔迦問。

「是一種夜光的浮游生物，叫多邊舌藻，在大水劫之前就存在了喔！不過因爲植物生態圈的影響，它們只能在礁島上的幾處海灘看到。先前你們經過的海洞，也有類似的藻類。」妃露捧起滿是冰藍色光點的海水。

她清秀的臉龐映滿了星辰的顏色，對著斐鱗嫣然一笑。

「如果說祕境有寶藏，我想這就是了。」斐鱗感嘆地望著腳邊。他豈是踩在沙灘上？而是踩在星空中，銀河裡！

銀亮的海潮中，綴著沙粒大小的鑽光。滿是星藍的光點，像礁島的裙帶。更遠處的礁島藍光，則看起來像一個遙遠的星系。

彷彿置身在宇宙般，上頭是一望無際的星空，腳踝處是成千上萬的星點海面。

斐鱗與朔迦彷彿醉了，陷入了沉默。誰能料到眼前的美景，竟比美酒還讓人心醉。

三人並肩坐在沙灘上，久久不語。

「朔迦，我一直覺得對你很抱歉。」斐鱗幽幽地說。

「啊？爲什麼抱歉？」

「你應該跟著老查一起搭軍艦走的，那樣百分百能回到藍艦。跟著我的話，只能搭那艘我修好的五人座小船，就算收集好物資，能出航撐幾天也不曉得。」

「你以爲我很想回去嗎？」朔迦哈哈大笑。「現在這艘船又有什麼不好？有舒服的底艙，還有一張大床和床頭音響！」

「唉！我倒是希望，你們永遠都不要走……」妃露感傷地低聲說道。她知道人魚族不歡迎斐鱗與朔迦久住，那樣勢必會帶來更多的麻煩。但，斐鱗與朔迦搭那種小船出航，也未必百分百安全。

而斐鱗自己，當然也曾掙扎過。他究竟是要死皮賴臉地和妃露住在祕境，每天悠閒地捕魚遊獵，在美景中徜徉，還是要回到低薪卻有家人陪伴的都市艦上？

「斐鱗，你怎麼不說話了？」朔迦擔心斐鱗生氣，苦笑道：「抱歉啦！跟你說這些。我只是覺得，你明明有機會一走了之，離開都市艦，去追尋更大的世界……」

「謝謝你們的好意……一直爲我著想。」斐鱗在水中踢了踢腿，感動地笑了。「但是……我覺得你們都擔心太多了。回都市艦，還是留在祕境，爲什麼我們只能有這兩個選項呢？」

「咦？」朔迦與妃露面面相覷。「你是說……」

「爆炸的海盜艦上，還有很多東西能爲我們所用，礁石上也還卡著許多船上的物資。只要我們明天就先去打撈保存，再花點時間修復機械，改造我們現有的船隻，將來出航時，我們一定能夠撐好幾個月沒問題。」斐鱗緩聲說道：「我不想念都市艦，卻很想念留在那裡的家人……但我若沒有找到讓他們生活變得更好的答案，又怎能這麼空著手回去？」

妃露與朔迦先是一陣沉默，隨後，煙火般的燦爛笑靨在他們臉上浮現。

朔迦瞪大了眼睛。「欸！斐鱗，你是說……」

「我們可以再度出航啊！不管妃露想留在這裡，或選擇和我們一起走，我們若能把船隻打造成適合妃露居住的環境，不也能再度出航去冒險嗎？這不是我們原本一開始就想做的事嗎？探索世界！」斐鱗燦爛一笑。

「是啊！我怎麼這麼幸運啊！你和妃露的專長那麼多，跟著你們航行絕對是很安全又有趣的事！」朔迦激動地站了起來，在淺灘邊跳著。

「笨蛋，不要這麼激動啊！」斐鱗哈哈大笑。

「太好了！太好了！」朔迦越跑越遠，踩著燦爛的星藍海水歡呼。

「安靜點啦！」斐鱗笑著罵道。

妃露輕輕勾住他的手臂。「可是……斐鱗，我不知道我要自己留下，還是跟你們走……」

「沒關係，不需要擔心。」斐鱗將她額前的髮絲輕柔地撥正。「我們也不是一天、兩天就要離開，等到船隻、物資都整備妥當，妳再答覆我們也不遲……」

妃露激動地點著頭，甜美的神情因爲開心而漾出了笑容。

斐鱗輕輕將手臂搭直，妃露也依偎在他身邊。

「而且，就算妳覺得想暫時待在祕境休息，以後我和朔迦還是可以回來探望妳啊！」

「嗯！」妃露的清麗臉蛋上，滾下喜極而泣的淚水。

伸了伸懶腰，斐鱗爽朗一笑。

「是啊！去，或者留，豈是能輕率決定的……」斐鱗心想。他望向這片螢光藍的海潮，舒服地閉上了眼睛。

幻麗的祕境夜景之下，朔迦的淘氣身影又跑了回來，斐鱗一手搭著妃露，一手拉過朔迦的肩膀。三人並肩坐在淺灘裡夜談，任由沁涼的潮汐輕推身軀。

「像這樣的夜晚，往後一定還有很多、很多。」斐鱗心滿意足地想。

培育文化 奇幻魔法 15

海居少年：人魚祕境

作者　夏嵐
責任編輯　王成舫
美術編輯　林子淩
封面/插畫設計師　Blamon

出版者　培育文化事業有限公司
信箱　yungjiuh@ms45.hinet.net
地址　新北市汐止區大同路3段194號9樓之1
電話　（02）8647-3663
傳真　（02）8674-3660
劃撥帳號　18669219
CVS代理　美璟文化有限公司
TEL／(02)27239968
FAX／(02)27239668

總經銷：永續圖書有限公司
永續圖書線上購物網
www.foreverbooks.com.tw

法律顧問　方圓法律事務所　涂成樞律師
出版日期　2015年03月

國家圖書館出版品預行編目資料

海居少年：人魚祕境 / 夏嵐著.
-- 初版. -- 新北市 : 培育文化, 民104.03
面 ; 公分. -- (奇幻魔法 ; 15)
ISBN 978-986-5862-49-7(平裝)
859.6　　104000631

※為保障您的權益，每一項資料請務必確實填寫，謝謝！

姓名		性別	□男　□女
生日	年　月　日	年齡	
住宅地址	郵遞區號□□□		
行動電話		E-mail	

學歷

□國小　□國中　□高中、高職　□專科、大學以上　□其他＿＿＿＿

職業

□學生　□軍　□公　□教　□工　□商　□金融業

□資訊業　□服務業　□傳播業　□出版業　□自由業　□其他＿＿＿＿

謝謝您購買　海居少年：人魚祕境　與我們一起分享讀完本書後的心得。務必留下您的基本資料及電子信箱，使用我們準備的免郵回函寄回，我們每月將抽出一百名回函讀者，寄出精美禮物以及享有生日當月購書優惠！想知道更多更即時的消息，歡迎加入"永續圖書粉絲團"

您也可以使用以下傳真電話或是掃描圖檔寄回本公司電子信箱，謝謝！

傳真電話：（02）8647-3660　　電子信箱：yungjiuh@ms45.hinet.net

●請針對下列各項目為本書打分數，由高至低5～1分。

	5 4 3 2 1		5 4 3 2 1
1. 內容題材	□□□□□	2. 編排設計	□□□□□
3. 封面設計	□□□□□	4. 文字品質	□□□□□
5. 圖片品質	□□□□□	6. 裝訂印刷	□□□□□

●您購買此書的地點及店名＿＿＿＿＿＿＿＿

●您為何會購買本書？

□被文案吸引　□喜歡封面設計　□親友推薦　□喜歡作者

□網站介紹　□其他＿＿＿＿＿＿＿＿

●您認為什麼因素會影響您購買書籍的慾望？

□價格，並且合理定價是＿＿＿＿＿＿　□內容文字有足夠吸引力

□作者的知名度　□是否為暢銷書籍　□封面設計、插、漫畫

●請寫下您對編輯部的期望及建議：

★請沿此線剪下傳真、掃描或寄回，謝謝您寶貴的建議！

221-03

新北市汐止區大同路三段194號9樓之1

傳真電話：（02）8647-3660
E-mail：yungjiuh@ms45.hinet.net

廣 告 回 信
基隆郵局登記證
基隆廣字第200132號

培育

文化事業有限公司

讀者專用回函

海居少年：人魚祕境

培養文化育智心靈的好選擇